Alberto Vázquez-Figueroa

La ordalía del veneno

Círculo de Lectores

¿Sabe usted lo que es una ordalía?

No. Veo que no lo sabe.

Pero no se preocupe; en realidad es una palabra que casi nadie conoce, puesto que cayó en desuso desde que las ordalías dejaron de practicarse en Europa, allá por las postrimerías de la Edad Media.

Aun así, en algunos países primitivos continúa constituyendo una práctica común, y en Benin, que es por esencia el país de los venenos, sigue siendo una forma habitual de impartir justicia.

Y es que una ordalía no es en realidad más que lo que pudiéramos llamar un «Juicio de Dios», es decir, que cuando no existe forma humana de demostrar la inocencia o culpabilidad de un reo, se le somete a una difícil prueba. Si queda vivo se supone que es inocente; si resulta muerto se supone que «era» culpable.

Estará preguntándose a qué viene todo esto, pero lo cierto es que al encontrarse ante esa imposibilidad de establecer si es usted culpable o inocente, he optado por someterle al más inapelable de los juicios: la ordalía del veneno, para que sea Dios quien decida.

¿Loco...? Sí, es muy probable que esté algo loco, pero al fin y al cabo... ¿quién no lo está en los tiempos que corren?

Extracto del sumario.

Se apagaron los focos.

Julia cerró los ojos, permaneció con ellos fuertemente apretados durante poco más de un minuto, permitiendo que se acostumbrasen a la recién estrenada penumbra, y al abrirlos no le sorprendió descubrir que el «Señor Ministro» abandonaba el estudio sin despedirse.

Se lo agradeció puesto que tampoco ella estaba de humor para despedidas.

Con la mirada perdida en el ir y venir de regidores, cámaras y tramoyistas, repasó mentalmente cuanto había dicho y oído durante la media hora anterior, y alargando la mano bebió un sorbo de agua del vaso que descansaba sobre la mesa, como si con ello pudiera librarse del mal sabor de boca que le había dejado la entrevista.

No le sirvió de mucho.

Y es que no era amargor de boca, sino acidez de estómago lo que en verdad sentía, tal vez vergüenza de sí misma, o una casi indefinible sensación de asco e impotencia.

–¿Te ocurre algo?

Se volvió a Sebastián Centeno, que había tomado asiento en la butaca que ocupara hasta unos instantes

antes el «Señor Ministro», y no pudo por menos que expresar en voz alta sus pensamientos.

–Es un cerdo –masculló–. Un cerdo y un mentiroso.

–Todos los políticos mienten –fue la sencilla respuesta carente de acritud–. ¿O es que no te habías dado cuenta?

–Naturalmente –admitió Julia al tiempo que encendía un cigarrillo y le ofrecía otro a su interlocutor, que lo rechazó con un gesto casi imperceptible de la mano–. Se supone que la primera obligación de todo político es mentir, pero es que éste se ha pasado. Me hizo sentir incómoda.

–Se notaba –puntualizó el otro sonriendo con desgana–. Pero no te preocupes; procuraré enfocarte lo menos posible.

–¡Ya...!

–Siempre insistes en que lo que importa es el invitado –fue la sencilla explicación–. Y te garantizo que tu expresión era todo un poema.

Julia, a la que se diría con la mente puesta aún en la entrevista que acababa de mantener y de cuyos efectos aún no conseguía recuperarse, observó a su amigo como si no acabara de entender de qué le estaba hablando.

–Es que cada día me cuesta más fingir –replicó al fin volviendo a la realidad.

Sebastián Centeno, que conocía a Julia Andrade desde el muy lejano día en que ingresaron juntos en la Escuela de Periodismo, y que había sido el «realizador» de casi todos sus programas durante los ocho últimos años, comenzó a rellenar de tabaco una diminuta cachimba al tiempo que negaba con la cabeza.

–No es que te cueste más fingir –puntualizó–. Es que ya no te impresionan las cámaras. –Le guiñó un ojo–. Ni los ministros… No estás tensa, y por lo tanto tu expresión refleja lo que sientes. Y hoy sentías asombro.

–Rabia –le corrigió–. Sentía rabia, furia o indignación. –Julia lanzó un hondo suspiro, recapacitó sobre lo que estaba diciendo y añadió como si con ello pudiera disculpar el haber actuado de una forma tan poco profesional–. La misma rabia y la misma indignación que siente en estos momentos la mayoría de los ciudadanos de este país.

–Pero tú no eres la voz de los ciudadanos del país –le hizo notar su realizador–. Puede que seas su rostro, pero no su voz.

–Lo sé –admitió ella–. Si lo hubiera sido le habría gritado que era un estúpido al imaginar que millones de espectadores se estaban tragando sus patrañas.

–Habría resultado francamente divertido –replicó el otro encendiendo con parsimonia su ridícula cachimba.

–¿Qué habrías hecho?

Sebastián Centeno observó a su amiga y compañera de profesión como si le sorprendiera que pudiera hacer semejante pregunta, ya que a su modo de ver tan sólo existía una respuesta válida.

–Cortar en el acto –reconoció–. Con uno que pierda el empleo basta.

–Tal vez por eso no lo hice –musitó ella con amargura–. Sabía que cortarías.

–¿Qué otra cosa esperabas?

–Nada –fue la desganada respuesta–. Hace años que no espero nada de nadie. –Apagó el cigarrillo, pero casi al instante encendió otro como si el hecho de no tener uno en la mano le impulsara a sentirse desamparada–. En realidad no espero nada ni siquiera de mí misma –concluyó.

Sebastián Centeno se preguntó una vez más si aquella hermosa mujer a la que media España admiraba y la otra media envidiaba, tenía algo en común con la tímida y un tanto mojigata provinciana que conociera veintiún años atrás, y acabó por admitir que aunque seguía teniendo unos ojos profundos y expresivos y una atractiva figura, el rictus de amargura que se dibujaba ahora en sus labios le hacía perder gran parte del irresistible encanto que derrochara antaño.

–Fumas demasiado –masculló sin venir a cuento–. No parabas de carraspear ante el micrófono.

–Lo sé y debería dejarlo, pero es que ese cretino me ha puesto nerviosa.

–No es sólo él. –Le guiñó nuevamente un ojo en un gesto de muda complicidad–. Es que está a punto de venirte la regla... –Ante la mirada de sorpresa que le dirigió, no pudo por menos que encogerse de hombros como si fuera un hecho que careciera de importancia–. Lo noto por el modo en que te cae el pelo. La cámara descubre cosas que el ojo no ve.

No pudo añadir nada más porque el teléfono que se encontraba sobre la mesa comenzó a repicar como si el hecho de saltar sobre el cristal lo pusiera al borde de la histeria, y lo observaron como si supieran –y de hecho lo sabían– que tan intempestiva llamada no presagiaba nada bueno.

–¡La jodimos!

–Puede que no sea él.

–¿Quién si no?

Fue Julia quien se decidió a descolgar, y a su acompañante le bastó observar su expresión para comprender que al otro extremo del hilo se encontraba quien ambos habían supuesto.

–Sí... Soy yo –admitió la locutora con un inequívoco tono de fastidio en la voz–. ¿Y qué querías que hiciera, que le besara? –Le sacó la lengua al auricular al tiempo que bizqueaba cómicamente–. ¡Está bien! –añadió–. Ya voy. –Colgó, dio una nueva chupada a su cigarrillo, expulsó violentamente el humo y se puso en pie de un salto al tiempo que señalaba–: «Su Excelencia» ha concluido de visionar una grabación en la que la entrevistadora le ha parecido insolente, y el realizador malintencionado al sacarle primeros planos en los que se le advertía ojeroso.

–¿Y yo qué culpa tengo? –se lamentó el desconcertado Sebastián Centeno–. Las ojeras son suyas. Y cuando no le saco primeros planos también se queja.

Julia Andrade se encogió de hombros mientras se encaminaba hacia la gruesa puerta de un plató del que ya había desaparecido la totalidad de los cámaras y tramoyistas, al tiempo que replicaba con manifiesta acritud:

–Pues el Gran Jefe «te ruega» que antes de irte subas a explicárselo. –Sonrió con ironía–. Por lo visto pretende que todos «sus políticos» sean guapos, simpáticos e inteligentes.

Alzó la mano en muda señal de despedida para desaparecer dejando a su compañero tan malhumorado que éste necesitó pensárselo largo rato antes de hacer cualquier gesto que no fuera aspirar de una cachimba cuya cazoleta apenas contenía tabaco para un par de caladas, puesto que presentía que aquél llevaba camino de convertirse en uno de los ya incontables días en que tendría que hacer un supremo esfuerzo para no mandar a Fernando Baeza al infierno y regresar a Cáceres, a ponerse al frente de la ferretería de su padre.

La sola idea de tener que aceptar humildemente las reprimendas de alguien al que aún recordaba vagabundeando por los pasillos, le revolvía el estómago, y una vez más se vio obligado a preguntarse cómo era posible que semejante arribista dirigiese los destinos de un canal de televisión sin otro mérito que su desorbitado servilismo.

Aquella basura humana salida de Dios sabía dónde, había conseguido que le nombraran sucesivamente director de informativos, jefe de programación, adjunto a la dirección y, por último, director de cadena, sin haber tenido jamás una sola idea original, haber escrito una sola línea o haber montado un solo programa.

«¿Cómo?» y «¿Por qué?».

Sebastián Centeno sabía que eran esas preguntas a las que jamás conseguiría dar respuesta, pero que le dejaban tan desconcertado como podría sentirse un viejo león africano que de improviso descubriera que una hedionda hiena cojitranca había pasado a convertirse en dueña de la selva.

¿Qué día dejó aquel viscoso caracol de avanzar reptando para atreverse a mostrar por primera vez los cuernos fuera de su caparazón, y quién le tomó cuidadosamente por ese caparazón para colocarle allí donde jamás habría conseguido llegar por sus propios méritos?

¿Cómo se las ingenió para dar tan prodigioso salto, pasando de no tener ni tan siquiera una silla en la que sentarse, a apoltronarse en un gigantesco despacho con tres atractivas secretarias a sus órdenes?

Curiosamente, y desde tiempos muy remotos, la importancia de los «Jefes de la Casa» se había medido por el hecho de que su despacho fuera de humilde suelo de baldosas, dispusiera de una pequeña alfombra, o se encontrara realmente enmoquetado de pared a pared, pero cuando se penetraba en el de Fernando Baeza, no sólo se pisaba una mullida moqueta roja, sino que, además, encima se habían extendido alfombras persas que ningún otro director de cadena se había atrevido a exhibir con anterioridad.

Aquél había sido sin duda el mayor logro no político de Fernando Baeza en cuatro años al frente del canal: alfombras persas en un prodigioso despacho en el que incluso contaba con cinco aparatos de televisión y su propia mesa de comedor, pero a Sebastián Centeno le constaba que tendría que tomar asiento en una de las butacas que se encontraban a más bajo nivel que la que ocupaba el Gran Jefe, para aceptar que le «explicase» una vez más cómo se realizaba una entrevista a un ministro si no quería verse vendiendo clavos en una ferretería cacereña.

¡Hijo de puta!

Se escucharon unos leves golpes en la puerta, ésta se abrió y le sorprendió enfrentarse a la cómplice sonrisa de Mauro Ortega, del que podría decirse que era el único ser humano de este mundo que no había cambiado un ápice en más de veinte años y aún seguía siendo el atractivo «enviado especial» que volvía locas a las muchachas cada vez que se colocaba ante una cámara en mitad de un tiroteo.

–¿Se puede? –inquirió el recién llegado con la engañosa timidez que constituía una de las peculiaridades más características de su compleja personalidad, y de la que tanto provecho había demostrado saber sacar en esta vida.

Sebastián Centeno acudió a abrazarle con afecto, consciente de que aquélla sería probablemente la única alegría que le depararía la difícil jornada, puesto que Mauro Ortega era una de las contadas personas que le hacían evocar los felices tiempos en que su profesión aún le fascinaba.

–¡Naturalmente! –exclamó–. ¡Pasa, pasa...!

Se observaron como lo que en realidad eran: dos viejos compañeros de aventuras con infinidad de recuerdos comunes a los que la vida había ido separando sin que ninguno de ellos fuera capaz de señalar exactamente los auténticos motivos.

–Hacía años que no te veía por aquí –le hizo notar.

–Lo cual ha hecho mucho en beneficio de mi salud mental –fue la humorística respuesta del recién llegado al tiempo que hacía un amplio ademán como pretendiendo abarcar la totalidad del estudio–. La Santa Casa es una amarga droga que acababa contigo sin haberte proporcionado un solo momento de auténtico «éxtasis». Por suerte, ya ni siquiera siento «el mono».

–Pues procura que no te vuelva –fue la respuesta–. ¡Ojalá yo también lo hubiera dejado en su momento! –Sebastián Centeno hizo un significativo gesto con el dedo hacia lo alto–. Julia está con el Gran Jefe –añadió–. No creo que tarde.

–¿Algún problema?

–Nada que no pueda solucionar. –Le golpeó cariñosamente el brazo–. No hay muchas caras como la de tu mujer.

El otro pareció desconcertarse y casi ofenderse, por lo que el realizador se vio obligado a añadir divertido:

–¡Oh, vamos! –le tranquilizó–. Hablo en términos puramente profesionales.

–¿A qué te refieres?

–A que Fernando la necesita, no sólo porque es nuestra mejor entrevistadora, sino sobre todo porque es «creíble» y eso es algo que en estos momentos vale todo el dinero del mundo.

–¿«Creíble»? –repitió Mauro Ortega desabridamente–. ¿Qué quieres decir con eso de «creíble»?

–Que a Julia le pones una cámara delante y diga lo que diga, la gente se lo traga –le hizo notar su amigo–. Ejerce una fascinación especial sobre los espectadores porque tiene una «expresión honrada».

–¡Es que es «honrada»!

–Lo sé mejor que nadie, puesto que la conozco incluso antes que tú –fue la curiosa explicación–. Pero hay mucha gente honrada que no lo parece. Sin embargo, Julia «convence», y si se dedicara a anunciar desodorantes, nadie apestaría.

–¿Y qué tiene eso de malo? –inquirió su interlocutor en cierto modo ofendido, puesto que al fin y al cabo estaban hablando de la mujer con la que llevaba diecisiete años casado–. Lo dices en un tono que obliga a pensar que está cometiendo un delito.

Sebastián Centeno comenzó a rellenar de nuevo su pintoresca cachimba como si necesitara un tiempo para reflexionar, y acabó por asentir con cierta desgana.

–Tal vez tengas razón –se vio obligado a reconocer–. Tal vez yo sea de la opinión de que en esta jodida profesión no resulte honrado tener cara de honrado.

–¿Se puede saber de qué coño estás hablando?

–De que en televisión ciertas noticias deberían darlas tipos torvos y malcarados, para que la gente se diera cuenta de que están mintiendo.

Mauro Ortega, que se había aproximado a una de las cámaras, la estudiaba con especial atención, e incluso la acariciaba como si se tratara de un valiosísimo objeto o una mujer especialmente atractiva, alzó el rostro al replicar:

–La mayoría de los que se sientan frente a un televisor ni siquiera se darían cuenta de lo que es verdad o mentira aunque se lo gritaran –sentenció, y luego indicó con un gesto de la barbilla la cámara–. ¿Cuánto habríamos dado por tener algo así en aquellos tiempos...?

–¿Y de qué nos hubiera servido? –fue la escéptica respuesta–. Las cámaras no tienen talento y únicamente reflejan lo que se les pone delante.

–Pero es que nosotros teníamos talento. –Lanzó un hondo suspiro evocando una juventud que parecía haber quedado muy atrás, y sonriendo con una cierta amargura, añadió–: La censura nos obligaba a agudizar el ingenio, pero con la libertad llegaron los concursos y las películas en que todo eran culos y tetas, y ya no hace falta imaginación. Basta con cámaras que fotografíen bien esos culos y esas tetas.

–¿Echas de menos la dictadura?

–¡Oh, no! ¡Naturalmente que no! –se apresuró a replicar el otro–. Pero sí echo de menos una época en que nos enviaban a recorrer el mundo en busca de grandes reportajes aunque tuviéramos que jugarnos la vida. Ahora la mayor parte de las noticias se refieren a corrupción política, y para eso no hace falta viajar.

–Todo tiene una edad. Y todo cansa.

–¿Acaso prefieres quedarte entre estas cuatro paredes realizando un programa de mierda?

Por la mente de Sebastián Centeno cruzó como un relámpago la escena de la noche en que los rebeldes angoleños les obligaron a cavar sus propias tumbas asegurando que los fusilarían al amanecer, y concluyó por asentir con un gesto.

–Ahora tengo cuatro hijos y un pellejo que cuanto más viejo, más aprecio. Aparte de que el programa no es ninguna mierda, ministros aparte...

Se diría que aquella última frase inquietaba a su interlocutor, que se agitó como si acabara de picarle una avispa.

–¿Qué pasa con el ministro? –quiso saber.

–Que es un imbécil. –Sebastián Centeno sacudió la

cabeza al tiempo que encendía una vez más la cachimba observando a su compañero de aventuras por encima de la cerilla–. Ha robado o ha permitido que sus subordinados roben miles de millones de los fondos reservados, y ahora intenta convencernos de que no tiene responsabilidad alguna. ¿Quién la tiene entonces? ¿Yo, que me veo obligado a malvivir con un sueldo de mierda?

–Le traicionaron.

–Curiosamente a los políticos siempre les traicionan sus hombres de confianza. Y sólo lo admiten cuando la prensa lo descubre...

Le interrumpió la aparición de una desencajada Julia Andrade a la que parecían a punto de saltársele las lágrimas, y que sin reparar en la presencia de su marido colocó las palmas de las manos sobre la mesa y apretó con fuerza las mandíbulas en un supremo esfuerzo por tranquilizarse.

–¡La madre que lo parió! –explotó al fin.

–¿Qué ha ocurrido?

–Según ese cretino «estoy utilizando una forma de actuar que transmite propaganda subversiva por medio de una mirada o una inflexión de voz».

–Ésa es la célebre frase que pronunció Adolphe Menjou ante el tribunal de MacCarthy cuando la Caza de Brujas, de Hollywood, aunque no me cabe en la cabeza que el memo de Fernando Baeza la conozca y sea capaz de aplicarla.

Fue tan sólo entonces cuando Julia reparó en la presencia de Mauro, que había permanecido semioculto tras una de las cámaras, y no pudo evitar sentirse sinceramente sorprendida.

–¿Cómo tú por aquí...? –quiso saber–. Habías jurado no volver a pisar un estudio de televisión en tu vida.

–De pronto recordé que tienes el coche en el taller –fue la poco convincente respuesta, y como tuvo la impresión de que no le había creído, añadió–: Y quería saber cómo había ido la entrevista.

–Pues ya lo has oído. –Julia hizo un gesto señalando repetidas veces a Sebastián y a sí misma–. Volverán a grabarla, pero sin nosotros.

Durante casi veinte minutos permanecieron en silencio, Mauro conduciendo absorto y su mujer fumando sin prestar atención a la sinuosa carretera que serpenteaba entre gruesos árboles, y que había recorrido casi a diario desde que empezara a trabajar en la Santa Casa, hacía ya dieciocho largos años.

Julia Andrade no podía evitar recordar con cierta nostalgia la hermosa época en que aún se ponía nerviosa cuando estaba a punto de llegar a los estudios, ilusionada por el hecho de saber que le esperaba un sinfín de noticias que debía seleccionar y analizar para ofrecérselas al espectador de una forma amena, exacta y concisa.

Durante años pretendió transformar el simple hecho de hablar ante una cámara en un arte en el que sus palabras transmitiesen emoción, alegría, tristeza o desilusión según el texto que se viera obligada a leer, luchando jornada tras jornada por convertirse en el rostro amigo que millones de personas esperaban encontrar cuando llegaban a sus casas, y que los mantenía al corriente de cuanto ocurría en el mundo con una naturalidad y una sinceridad que habían acabado por convertirla en la indiscutible estrella de los telediarios.

Pero ahora de aquella vieja ilusión nada quedaba.

De aquélla y de otras muchas, quizá la mayoría, y Julia se preguntaba a menudo en qué momento exacto de su vida comenzó a comprender que el suyo no era un «sacerdocio» de los nuevos tiempos, sino tan sólo un trabajo más en el que la manipulaban con la misma naturalidad con que se manipulaban los textos, las imágenes, o las teclas de la consola de mezclas, «pinchando» una u otra cámara según la conveniencia del momento.

A aquellas alturas sabía ya a ciencia cierta que había pasado a convertirse en un objeto más del decorado, y que en cualquier momento Fernando Baeza o cualquiera de cuantos manejaban los hilos desde «más arriba» podía dar la orden de que la sustituyeran, al igual que se sustituían con cierta periodicidad los titulares de las cabeceras de los noticiarios.

La utilizarían mientras siguiera ofreciendo al espectador una imagen «fiable», pero tenía plena conciencia de que se desharían de ella en cuanto consideraran que había llegado la hora de buscar un rostro más joven, más expresivo, menos visto o más entusiasta.

Continuó absorta en sus pensamientos hasta el momento en que se volvió a observar a su marido, y, conociéndolo como lo conocía, tuvo conciencia de que estaba aguardando a que le diera la menor oportunidad de soltar lo que sin duda le reconcomía.

–¡Está bien! –se decidió de mala gana–. ... ¿De qué se trata esta vez?

–De Andrea.

–¿Qué le ocurre a Andrea?

Mauro Ortega ni siquiera apartó la vista del semáforo ante el que se encontraban detenidos, al replicar con mal fingida naturalidad:

–Sale con un tipo.

–Está en su derecho –le hizo notar–. Y no es la primera vez.

Ahora sí que él se volvió a mirarla.

–Esto es distinto.

–A ti siempre se te antoja distinto –replicó Julia sin dar mayor importancia al hecho–. Y no me parece justo que la andes espiando.

–¡Yo no la espío!

–¡La espías! –insistió recalcando la palabra–. Me di cuenta la otra noche, cuando comenzaste a hacerle todas aquellas preguntas.

–No le hacía preguntas –protestó él mientras ponía de nuevo el vehículo en marcha–. Era una simple charla.

–¡Oh, vamos! –se impacientó su mujer–. Me consta la clase de periodista que siempre has sido y por lo tanto sé cuándo «charlas» y cuándo «buscas información». –Hizo una pausa mientras encendía un cigarrillo, e inquirió sin querer demostrar excesivo interés–: ¿Qué has averiguado?

–Ya te lo he dicho –fue la áspera respuesta–. Anda con un tipo. –Mauro dejó caer ahora las palabras con estudiada lentitud–. Se acuestan juntos.

La certeza de la aseveración tuvo la virtud de desconcertar a su acompañante, que se vio obligada a volver el rostro para que no advirtiese que estaban a punto de saltársele las lágrimas.

–¡No es posible! –musitó apenas–. Me lo habría dicho. Nunca hemos tenido secretos.

–¡Pues ahora los tiene! –insistió el otro–. Hace por lo menos una semana que pasa las tardes en su apartamento. –Rió sin ganas–. Y puedes jurar que no se dedican a jugar al «mus».

–¿De quién se trata?

–De uno de esos «ligones de discoteca» con más dinero que cerebro.

Se escuchó un molesto zumbido y Mauro Ortega se apresuró a tomar el teléfono móvil que lo acompañaba a todas partes, para responder en el tono firme y cortante que acostumbraban a utilizar los ejecutivos «terriblemente atareados» a los que fingía irritar una interrupción no deseada.

Julia aborrecía aquel maldito trasto, y en lo más íntimo de su ser despreciaba a cuantos los habían convertido en parte de su existencia cotidiana, aunque se tratara de su propio marido.

El teléfono «normal» constituía, a su modo de ver, un adminículo por desgracia harto necesario, puesto que resultaba indiscutible que a finales del siglo xx no se podía prescindir de él, pero cargar con un teléfono portátil a todas partes, significaba convertirse en esclavo de cuantos supieran que marcando un determinado número podían localizar a su propietario donde quiera que se encontrase y por muy íntimo que fuera lo que estuviera haciendo.

No era algo que mereciese la pena a cambio de poder efectuar una llamada sin esperar a llegar a la oficina, y cuando al fin la inoportuna comunicación cesó resultaba improcedente intentar recuperar el hilo de la conversación, por lo que no volvieron a mencionar el tema hasta el momento en que al hacer su entrada en el espacioso salón descubrieron a Andrea tumbada sobre un diván, hojeando distraídamente una revista de modas.

–¡Caramba! –se sorprendió la muchacha al verles–. ¿Cómo por aquí, juntos y tan temprano?

–Tenemos que hablar.

–¡Ya...!

La simple exclamación bastó para hacer comprender que Andrea sospechaba cuál sería el tema de conversación, puesto que casi al instante dejó a un lado la revista alzando el rostro hacia los recién llegados en una cómica aunque en cierto modo retadora interrogación.

–¿Y bien? –quiso saber–. ¿De qué vamos a hablar?

–Lo de ese chico, ¿va en serio? –quiso saber Julia al tiempo que se despojaba de los zapatos con un suspiro de alivio para ir a tomar asiento frente a ella.

–Eso depende de lo que consideréis «serio» –replicó la otra con estudiada calma.

–¡Oh, vamos! –protestó Julia como si estuviera reconviniendo a una niña caprichosa–. Tú sabes bien lo que considero «serio». Recuerda que prometimos ser siempre sinceros.

Andrea se puso calmosamente en pie permitiendo que admiraran a gusto su turbadora figura, para acudir sin prisas al bar, donde pareció buscar refugio tras la barra al tiempo que comenzaba a preparar martinis.

Por último asintió de un modo casi imperceptible.

–Sí –musitó–. Creo que es bastante serio y tengo la impresión de que estoy enamorada.

–¿Enamorada...? –repitió Julia entre incrédula y horrorizada.

–Es posible.

Mauro Ortega, que había optado por mantenerse al margen, displicentemente apoyado en el quicio del amplio arco que comunicaba el salón con el comedor, se decidió a intervenir.

–¿Cuánto hace que lo conoces? –quiso saber.

–Poco más de dos semanas.

–¿Y te has enamorado en ese tiempo? –Mauro hizo un significativo gesto de rechazo al tiempo que negaba convencido–. ¡Es estúpido!

–Puede que lo sea –admitió la muchacha–. Pero te recuerdo que me enamoré de ti en ocho días, y a los veinte estabas dispuesto a abandonar a Julia para vivir conmigo.

Fue la propia Julia la que alzó las manos como tratando de cortar toda posible discusión antes de que se iniciara, y acudiendo a tomar asiento a uno de los altos taburetes del bar, se apoderó de una copa para mojarse apenas los labios con el martini antes de señalar:

–Y es muy probable que lo hubiera hecho. Pero eso es algo que no viene al caso. –Bebió ahora largamente–. Admitamos que estás realmente enamorada. ¿Qué piensas hacer?

Andrea alargó la segunda de las copas a Mauro y cuando alzó la suya resultó evidente que la mano le temblaba de modo ostensible.

–¡No lo sé! –reconoció casi con un lamento–. Sinceramente no lo sé. Antes estas cosas solían sucederme y lo encontraba natural, pero ahora se me antoja diferente.

–¡Nunca te habías quejado! –le hizo notar Mauro con marcada intención.

–¡Y no me quejo! –replicó ella de inmediato–. Tan sólo expongo un hecho. Toda relación ofrece ventajas e inconvenientes, y éste es uno de los inconvenientes de la nuestra.

–Como cualquier otra –argumentó Julia sin apartar los ojos del fondo de una copa que ya había vaciado–. Cuando amas a alguien te sientes atada a él aunque no lo desees.

La prodigiosa Andrea Ferreira, que en los dos últimos años había acaparado la mayoría de las portadas de las más prestigiosas revistas de modas y estaba considerada la más internacional de las modelos del país, abrió las manos como si la afirmación se le antojara algo sin discusión posible, pero aun así, argumentó de nuevo:

–Estoy de acuerdo –admitió–. Amas a un hombre y te sientes atada a él hasta que un día descubres que otro te hace vibrar con mayor intensidad. ¡Lógico! Pero no es mi caso. Yo me tengo que preguntar si le quiero más que a Mauro. O más que a ti. O más que a los dos. –Rió sin ganas, más bien con una cierta agresividad–. Siempre nos ha parecido lógico que Mauro no sepa exactamente si te desea más a ti que a mí. –Observó en un tono retador al concluir–: ¿Por qué os sorprende ahora que pueda querer de igual modo a un tercero?

–Acabaremos formando un orfeón.

Julia se volvió a su marido, que era quien había hecho el irónico comentario.

–No tiene gracia –le reconvino–. Al fin y al cabo,

fuiste tú quien inventó este juego y en ocasiones también yo me siento tan confusa como Andrea sin necesidad de haber conocido a otro hombre.

–¿Te pones de su parte? –pareció sorprenderse él.

Se diría que la pregunta desconcertaba a Julia, que en verdad no se la esperaba y que replicó ácidamente:

–Se supone que aquí no hay partes, Mauro. Se «supone» que aquí estamos tres personas que se quieren para algo más que revolcarse juntas. Y se «supone» que deberíamos ayudarnos mutuamente.

La nueva pregunta, corrosiva y muy propia del carácter de quien la hacía, llegó casi en el acto.

–¿Ayudarnos incluso a la hora de irnos a la cama con un extraño?

–¿Y por qué no? –quiso saber su mujer–. Lo que es bueno para ti, que yo te comparta con Andrea, también puede ser bueno para Andrea. –Marcó aún más las palabras–. O incluso para mí.

–Yo os comparto a la una con la otra –argumentó él.

–¡Muy gracioso! –admitió Julia–. Pero tal vez ya no nos baste. Tal vez Andrea prefiera ser compartida con otro hombre. –Hizo una significativa pausa–. O con nadie...

–¿Qué quieres decir con eso de «nadie»? –intervino ahora la aludida, que había comenzado a preparar una nueva ronda de martinis.

–Que tal vez lo que ahora deseas es pertenecer a un solo hombre... –Le acarició con afecto la mejilla echándole hacia atrás el largo y negrísimo cabello en un gesto en cierto modo maternal y en cierto modo morboso–. ¿Es eso lo que te gustaría? ¿Irte con él?

Andrea se detuvo en el gesto de agitar la coctelera, meditó unos instantes y por último se encogió de hombros admitiendo su total ignorancia al respecto.

–Si quieres que te diga la verdad, aún no me lo he planteado –admitió con admirable sinceridad–. Hugo es cariñoso, simpático, amable...

–¡Y muy rico!

La intempestiva y casi grosera interrupción tuvo la virtud de descentrar a Andrea, que se vio en la necesidad de demandar en un nuevo tono casi desconocido en ella:

–¿Cómo has dicho?

–Ya lo has oído –insistió Mauro utilizando a su vez un tono abiertamente ofensivo–. Que es rico. ¡Condenadamente rico!

–¿Y tú cómo lo sabes?

Se diría que el otro se desconcertaba momentáneamente, como si acabara de ser sorprendido en falta, pero su reconocida rapidez de reflejos le permitió recuperar el control de inmediato.

–Porque resultaría estúpido que una mujer como tú se enamorara de un muerto de hambre –musitó.

Andrea Ferreira no era una mujer que se enfadase con frecuencia, pero como suele ocurrirle a la inmensa mayoría de las personas pacíficas, cuando se enfurecía se veía obligada a hacer terribles esfuerzos para no estallar con inusitada violencia, por lo que, dejando a un lado la coctelera para evitar estampársela a su interlocutor en la cabeza, replicó casi despectiva:

–Si la memoria no me falla, cuando me enamoré de ti eras un muerto de hambre al que acababan de echar de la televisión. –Le apuntó acusadoramente con el dedo al concluir–: Así que explícame a qué viene semejante memez.

–A que es un cretino que te ha estado siguiendo.

Andrea se volvió a observar a Julia entre incrédula y horrorizada, puesto que resultaba evidente que le costaba trabajo admitir lo que acababa de decirle.

–¿Que me ha estado siguiendo?

–Como lo oyes.

–¿Y con qué derecho?

–Te quiero –se vio obligado a intervenir el abochornado Mauro–. A veces resulta muy difícil luchar contra los celos.

–¿Celos? –repitió la otra como si fuera la cosa más absurda que hubiera oído en su vida–. ¿Y precisamente tú te atreves a hablar de celos?

En opinión de Julia Andrade, los teléfonos móviles no ofrecían más que inconvenientes, ya que solían comenzar a sonar en los momentos más inoportunos, pero en aquella ocasión Mauro Ortega debió agradecer en el alma que el suyo rompiera a repicar con monótona insistencia, dado que ello le permitió eludir con un mínimo de dignidad una incomodísima situación.

Se sintió por tanto sinceramente aliviado al tomar el auricular y responder con la agria impaciencia que gustaba reservar para tan especiales ocasiones.

–¿Sí...? –inquirió–. Sí, soy yo. –Su expresión cambió–. ¡Pero si son casi las diez! –Dirigió una larga mirada de reconvención a Julia–. ¡Está bien! Ahora voy. –Desconectó el aparato y sin dejar de observar a su mujer señaló con acritud–: Esa maldita entrevista debe de ser la leche, porque en el ministerio están que bufan.

–¡Pero bueno...! –protestó Julia–. Me dieron las preguntas por escrito.

–No se trata de las preguntas –puntualizó su marido–, sino de cómo las hiciste. Al parecer da la impresión de que te estás burlando del ministro y actúas como si mintiera.

–¡Y mentía! –estalló fuera de sí la locutora, que se sentía evidentemente herida en su orgullo profesional–. Cada una de aquellas malditas preguntas estaba pensada para que soltara una sarta de disculpas, y yo no podía disimularlo.

–Olvidas que no eres más que una sencilla locutora.

–¿Y qué pretendes decir con esto? –fue la airada respuesta–. ¿Que no debo demostrar mis sentimientos? No soy una cámara.

–Tampoco te sientan en esa silla para que opines sobre la verdadera intención de los ministros, sino para que hagas bien las preguntas porque tienes una bonita voz y una presencia agradable. –Resultaba evidente que Mauro se mostraba abiertamente despectivo al añadir–: Lo malo de este país ha sido siempre que todo el mundo quiere entender de todo, y nadie acepta limitarse a cumplir con su obligación sin ir más lejos. Lo único que se te exige es que seas efectiva en tu trabajo dejando la política para los profesionales.

Julia Andrade agachó la cabeza y contó durante unos segundos las rayas que dividían el entarimado de madera, puesto que necesitaba ese tiempo para no ser ella la que se apoderara de la coctelera y se la lanzara a su interlocutor a la cara.

–Te recuerdo –susurró cuando comprendió que había recuperado el control sobre sí misma– que «esta» locutora estudió en la misma universidad que tú. Y que «esta» locutora ejerce el periodismo activo desde hace casi veinte años, cosa de la que tú ya no puedes presumir –insistió–. Y que ni «esta» locutora, ni nadie necesita entender una palabra de política para comprender que «tu querido ministro» es un sinvergüenza por mucho que te haya nombrado su asesor de imagen. –Tomó la copa que Andrea le había llenado de nuevo y la apuró de un trago antes de añadir con marcada intención–: Por todo ello te aconsejo que la próxima vez le pongas acotaciones a las preguntas: «Aquí la locutora asiente convencida.» «Aquí se extasía ante el magnetismo y la indiscutible sinceridad del entrevistado.» «Aquí no le queda más remedio que poner fabulosa cara de gilipuertas anonadada...» ¡Anda ya!

Su marido, que había comenzado a anudarse la corbata observándose en el amplio espejo de la pared, agitó repetidas veces la cabeza como si estuviera escuchando las memeces de un mongólico, y al fin replicó con forzada sorna:

–Resulta fácil criticar sin tener elementos de juicio. –Se volvió a mirarla–. No tienes ni idea de lo que en verdad ocurrió.

–¿Y tú sí la tienes?

–Se encontró con que le habían traicionado aquellos en los que más confiaba. ¿Qué querías que hiciese?

–¡Dimitir en el acto! –fue la inmediata respuesta–. Ese mismo día y sin más entrevistas por televisión, zarandajas, ni explicaciones. Cuando nombras director general a un amiguete y sospechas que roba, lo único que no puedes hacer es negarlo ante la opinión pública, «poner la mano en el fuego por él» y confirmarle en el cargo. Tu obligación es investigar hasta las últimas consecuencias, o de lo contrario te conviertes en cómplice. Por activa, o por pasiva.

–Pues te advierto que si dimite me deja en la calle, y en ese caso nadie te sacaría de este lío.

–¡Un momento! –Le atajó ella evidentemente ofendida por sus palabras–. Yo no necesito que nadie me saque de ningún lío. Como tú mismo aseguras, soy presentadora, no actriz, y hoy el cretino de tu ministro necesitaba a la mismísima Greta Garbo para seguirle la corriente. Si quieren sancionarme porque no fui capaz de fingir, me largo y acepto cualquiera de las ofertas que me han hecho las cadenas privadas, porque empiezo a estar hasta el moño de que me utilicen porque tengo cara de buena.

Mauro Ortega hizo un repetido gesto de asentimiento, recuperó el teléfono portátil que había dejado sobre la mesa y se encaminó decidido a la puerta.

–¡De acuerdo! –dijo–. Me quitas un peso de encima.

Salió cerrando de un portazo, y tanto Julia como Andrea permanecieron en silencio, como si necesitaran concederse unos minutos para asimilar a fondo el contenido de la discusión que acababa de tener lugar.

Por último fue Andrea la que inquirió perpleja:

–¿Por qué te casaste con él?

La desconcertante pregunta sorprendió a su destinataria, que optó por encogerse de hombros con fingida naturalidad.

–Al igual que tú ahora, creía estar enamorada –replicó–. En aquel tiempo Mauro era un brillante periodista al que en cierto modo le debo todo lo que soy. Me abrió las puertas de la televisión y me enseñó incluso cómo tenía que leer los textos –chasqueó la lengua como si le costara admitir lo que iba a decir–. Luego, un buen día le echaron, y a mí, que no hacía más que repetir bobadas, me convirtieron en una estrella.

–¿Por qué le despidieron?

Julia se encogió de hombros como si considerase que aquél era un tema que no valía la pena mencionar, pero al poco pareció cambiar de opinión.

–La televisión es un mundo muy confuso que ni siquiera los que estamos dentro captamos en su totalidad, ya que infinidad de fuerzas luchan por controlar el medio de difusión más poderoso que se ha inventado –señaló–. Para que te hagas una idea, bastará con que te diga que un tipo cuya única misión era ponerle el fondo musical a las cabeceras de los programas, se hizo rico a base de emplear fragmentos de los temas que les interesaba promocionar a las casas discográficas. Le pagaban fortunas por ello, ya que el espectador que escuchaba esa música acababa por comprar el disco.

–¡Resulta ingenioso! –admitió Andrea divertida.

–Pero también resulta inmoral –le hizo notar–. Por medio de una publicidad subliminal incontrolada forzaban a la gente a adquirir un disco que no deseaba comprar. Estaban actuando sobre el subconsciente, y el subconsciente es algo tan sagrado que nadie se había atrevido a tocarlo hasta ese momento.

–No estoy de acuerdo –puntualizó su interlocutora en tono firme–. La mayoría de las religiones utilizan letanías repetidas una y mil veces para grabarnos en el subconsciente mensajes indelebles. Y no creo que eso pueda considerarse en modo alguno «publicidad subliminal».

–Pues a mi modo de ver lo es –sentenció Julia–. Y debes tener muy presente que la televisión se ha convertido en la auténtica religión de nuestro tiempo. ¿Sabes cuál es el mayor problema para un gran número de espectadores? –añadió–. Que a menudo no son capaces de discernir si lo que están viendo en la pantalla pertenece al mundo de la realidad o al de la ficción.

–¡Qué estupidez! –se escandalizó la otra–. Todo el mundo sabe diferenciar entre un telediario y una película.

–¿Estás segura? –quiso saber su interlocutora observándola con atención–. A veces, cuando enciendes el receptor, dudas un instante porque no sabes si los policías que están apaleando a un negro en una calle pertenecen a un «telefilm», o a un noticiario. Aunque tan sólo sea por unos segundos, tu mente tiene que buscar pistas, reconocer voces y esforzarse por averiguar la verdad.

–No me parece tan complicado...

–No para ti, pero sí para un espectador medio cuyo coeficiente mental no supera los trece años, y que ni siquiera se molesta en intentarlo. Para él, cuanto mejor rodada esté la escena, más real será, y con frecuencia realidad y ficción tan sólo se encuentran separadas por un bloque de anuncios idéntico al que interrumpe una película –colocó las copas en el pequeño fregadero como si ello constituyera el colofón de su razonamiento–. El resultado es una auténtica ceremonia de la confusión.

La muchacha, que la había escuchado con innegable interés, debió llegar a la conclusión de que no tenía argumentos con los que rebatir tal teoría ni ganas de buscarlos, por lo que acabó por hacer un gesto de asentimiento.

–¡Bien! –dijo–. Admitamos que ciertos espectadores confundan a veces ficción con realidad. ¿Qué diablos tiene que ver todo eso con el hecho de que despidieran a Mauro?

–Luchas internas...

–¿Qué quieres decir con eso de luchas internas?

–Que un instrumento que ejerce semejante poder sobre las masas y mueve tantísimos intereses atrae los conflictos como si sus antenas fueran pararrayos.

–Entiendo... Mauro intrigaba.

–Yo no he dicho eso.

–No lo has dicho, en efecto, pero conociéndote me consta que si en principio no le defiendes, es porque no tiene defensa –Andrea sonrió con intención–. ¿Por qué no me cuentas la verdad?

Julia ni siquiera la miró al replicar:

–Supongo que porque soy su esposa.

–¿Por qué eres su esposa o por qué eres su rival? –fue la malintencionada pregunta.

–Jamás me he considerado su rival –le hizo notar la locutora–. Discusiones aparte, me consta que siempre ha sido un magnífico profesional.

–No me refería a la rivalidad profesional, sino a la rivalidad respecto a mí.

Ahora sí que la aseveración desconcertó a su amante a la que se diría casi ofendida al puntualizar:

–Tampoco esa clase de rivalidad existe, porque lo que tengo muy claro, es que si Mauro dejara de existir jamás volvería a acostarme contigo.

–¿Estás segura?

–Puedes jugarte la cabeza. Te seguiría queriendo como amiga, pero nada más.

Andrea pareció meditar a fondo una respuesta tan poco halagüeña para ella, y por último inquirió con cierta aspereza:

–¿Pretendes decir con eso que únicamente soy el estímulo que mantiene viva tu relación con Mauro?

–Lo sabías desde un principio, y te consta que si consentí en que Mauro te trajera a casa es porque estaba convencida de que de cualquier otro modo lo perdería.

No hacía falta conocerla a fondo para comprender que el amor propio de Andrea Ferreira se sentía profundamente maltrecho, y que si se hubiera tratado de otro tipo de mujer tal vez se le hubieran saltado las lágrimas, pero todo lo que hizo fue inquirir con manifiesta acritud:

–¿Y no has cambiado de opinión en cuatro años? ¿Para ti no significa nada cuanto ha ocurrido en este tiempo?

–Sí que lo ha significado –reconoció con sinceridad su interlocutora–. Te quiero mucho más de lo que imaginas.

–¡Me lo imagino! –fue la irónica respuesta–. Y también me imagino que si Mauro te propusiera cambiarme por otra tal vez aceptarías con tal de seguir manteniendo a flote un matrimonio absurdo –alargó la mano y le aferró con fuerza la muñeca–. ¿Pero por qué? –quiso saber– ¿Por qué ese interés en conservar algo que ha llegado a estos extremos?

–Es todo lo que tengo.

–¡Eso no es cierto! –fue la indignada respuesta–. Tienes cuanto se puede desear, y lo único que te sobra es un marido que no te aporta nada, pero aun así, y pese a que me consta que en el fondo lo desprecias, lo único que te preocupa es seguir a su lado. ¿Por qué?

Julia Andrade clavó la mirada en el ventanal que se abría al cuidado jardín trasero y tras repetirse mentalmente una pregunta que en realidad se había hecho a sí misma un millón de veces, susurró apenas:

–No lo sé. Jamás he podido saberlo, y la única respuesta que se me ocurre es que demasiado a menudo nuestros hábitos llegan a ser más fuertes que nuestros propios sentimientos.

A la mañana siguiente Julia encontró sobre su mesa una escueta nota en la que Fernando Baeza le «pedía» que intentara concertar una entrevista con «el profesor» Guillermo López-Navarro, con el fin de incluirla en un programa especial sobre la grave crisis que atravesaba desde hacía más de una década la industria nacional.

Resultaba evidente que tal encargo sonaba a castigo, puesto que aunque Guillermo López-Navarro hubiese estado considerado años atrás «el gran maestro» de los economistas del país, y auténtico motor del boom de los setenta, en los últimos tiempos permanecía al margen de toda actividad, y entrevistarle significaba tanto como entrevistar a una de esas antiguas glorias del deporte que ya nadie recordaba.

Aun así se apresuró a telefonearle para sorprenderse ante el hecho de que el Viejo Zorro –que era el apelativo con que solían designarle antaño sus alumnos– se mostrase reticente a la idea de colocarse frente a una cámara alegando que se le antojaba un esfuerzo inútil puesto que resultaba evidente que cuanto él opinara sobre economía jamás sería tomado en cuenta.

–Tal vez no resulte del todo inútil –le contradijo la locutora con lo que imaginó argumento irrebatible–.

Tenga en cuenta que el propio ministro admite que, pese a que ciertos aspectos de la economía comienzan a repuntar, la industria continúa inmersa en una profunda crisis en la que nadie parece vislumbrar el final del túnel. Cabe dentro de lo posible que las fórmulas que usted proponga sean más válidas que las actuales. –Rió divertida–. Lo que está claro es que peores nunca podrán ser.

Se hizo un silencio y resultó evidente que su interlocutor se lo pensaba. Por último replicó calmosamente:

–Venga a tomar un café, aunque le advierto que si acepto recibirla es más que nada por el hecho de que usted siempre me ha gustado, y se me antoja una canallada morirme sin haberla visto de cintura para abajo.

Guillermo López-Navarro vivía desde hacía más de cuarenta años en un enorme y vetusto caserón del barrio de Argüelles desde el que la mayoría de los días continuaba yendo y viniendo a pie a la cercana universidad, en un tranquilo paseo que, según él, «le reforzaba las blandengues piernas y le desintoxicaba el embotado cerebro».

–Por desgracia, la vida se divide en cuatro etapas –solía decir–. Gatear, correr, andar y pasear. Y a mi edad sabes muy bien que paseando ya no vas a llegar a parte alguna que valga la pena.

Desde que se quedara viudo, por «aquella época en que la viudedad constituía la única forma decente de divorciarse», compartía el piso con una achacosa hermana medio sorda, y una teutona «ama de llaves» de excesivas carnes y aguardentosa voz de trueno, que de inmediato obligó a Julia a sospechar que debía de tener una excesiva afición a la cazalla, a la par que a los cigarrillos más apestosos del mercado.

Fue ella quien le abrió la puerta y la condujo hasta la gigantesca biblioteca en la que le aguardaba el Viejo Zorro, y que a decir verdad desentonaba en aquel lugar, puesto que más bien parecía propia de un castillo inglés que de un simple caserón, por grande que fuera, de un madrileño barrio de estudiantes.

–¡Caray! –exclamó Julia.

–¿Le gusta?

–Parece un decorado de película –fue la honrada respuesta–. Deberíamos grabar aquí la entrevista.

–Si es que se hace, que aún está por ver.

Tomaron asiento en dos sobados sillones de cuero granate, y se observaron en silencio mientras aquella especie de walkiria sacada de una ópera wagneriana servía el café que se encontraba preparado sobre una mesita auxiliar.

Al concluir su tarea, la oronda mujerona se retiró haciendo crujir peligrosamente el entarimado de madera, y mientras revolvía muy despacio el azúcar de su taza, Guillermo López-Navarro pareció estudiar hasta el último rasgo de su acompañante.

–Necesitaría un marco –dijo al fin.

–¿Para qué? –preguntó Julia.

–Para que se pusiera usted al otro lado –señaló el anciano–. Son tantos años de verla en la pantalla, que me cuesta aceptar que esté aquí sin nada que se interponga entre nosotros. –Sonrió ampliamente–. Aunque lo prefiero así, porque tiene usted unas piernas preciosas –añadió–. Creo que al fin podré morir tranquilo... Era como una especie de morbo.

–¿Está intentando ligar conmigo? –coqueteó ella divertida.

–No digo yo que hace veinte años no habría hecho un esfuerzo... –admitió él jocosamente–. Me encanta usted, y si he aceptado que venga es tan sólo por verla de cerca, ya que, como le dije, me temo que esa dichosa entrevista está condenada de antemano al fracaso.

–¿Por qué?

–Porque a nadie le interesará que mis opiniones vean la luz. Van contra el sistema.

–Ese «sistema» no funciona, y quienes lo «inventaron» saben muy bien que si pretenden ganar unas elecciones que según las encuestas tienen perdidas, deben dar un importante giro a la política que han aplicado hasta el presente –le hizo notar Julia con naturalidad–. ¿Quién asegura que tal vez no haya llegado el momento de aplicar sus fórmulas, cualesquiera que sean?

–Yo mismo –fue la firme respuesta–. Ni socialistas, ni capitalistas, ni fascistas, ni siquiera los comunistas las aceptarían.

–¿Y eso? ¿Tan inútiles son?

–La razón principal no estriba en la eficacia, sino en que atentan contra sus fines.

La locutora pareció desconcertarse, se tomó un tiempo mientras apuraba su taza de café, lanzó una distraída mirada a la ingente cantidad de libros que se alineaban en las estanterías y acabó por inquirir:

–¿Cómo es posible que unas teorías atenten contra los fines de «todos» los partidos políticos? Suena absurdo.

–Pero es la realidad.

–Explíquemelo.

Ahora fue el Viejo Zorro el que se tomó un tiempo para reflexionar y, dejando a un lado la taza, observó detenidamente a su interlocutora haciendo especial hincapié en las hermosas piernas que tanto parecían llamar su atención.

Por último, y como si le costara un supremo esfuerzo hablar de ello, señaló:

–El problema de toda fórmula económica, sea mía, del Gobierno, o se aplique aquí o en Madagascar, estriba en el hecho de que está de antemano condenada al fracaso, puesto que por brillante que sea y muy bien que se aplique siempre tropezará con un obstáculo insalvable que la condena, de antemano, al fracaso.

–¿Y es?

–El dinero negro.

–¿El dinero negro?

–Exactamente –señaló el anciano–. Estamos intentando construir un modelo de sociedad basado en una hipotética igualdad por la que cada cual debe aportar a la comunidad en proporción a lo que posee, sin detenernos a reflexionar sobre el hecho de que nadie está dispuesto a compartir lo que cree suyo, por lo que se ha apresurado a buscar mecanismos de defensa. El resultado lógico ha sido el dinero negro.

–Siempre ha existido.

–Pero no en la desorbitada proporción de ahora –fue la inmediata respuesta–. La excesiva presión fiscal, la corrupción política y el tráfico de drogas, que también es una lacra de estos últimos años, han llevado a la sociedad, no la nuestra, sino a la de la mayoría de los países considerados ricos, a un auténtico callejón sin salida, ya que toda posible salida se encuentra taponada por una ingente montaña de dinero ilegal.

Julia Andrade necesitó unos minutos para «digerir» el verdadero significado de la exposición que acababan de hacerle, y tras pedir permiso para encender un cigarrillo, aspiró un par de bocanadas antes de decidirse a inquirir:

–¿De verdad cree que ese dinero constituye un problema tan serio como para afectar la marcha económica de un país?

–Desde luego.

–¿Por qué?

–Porque a estas alturas se trata de cantidades monstruosas que no se «reinyectan» en el tejido económico proporcionándole vitalidad, sino que se convierten en un cáncer, en «dinero muerto» que permanece oculto, y que a la larga no se invierte en empresas productivas creadoras de empleo y riqueza, sino tan sólo en trapicheos especulativos destinados a blanquear capitales sin dar trabajo ni proporcionar beneficios más que a los dueños de ese dinero.

–Parece una teoría interesante.

–Pero se trata, no obstante, de una realidad aterradora –le hizo notar el otro–. Observe a los capitalistas de nuestro tiempo. No son, como antaño, fabricantes de tejidos, arriesgados navieros o grandes constructores que necesitaban mano de obra. Ahora las fabulosas fortunas las amasan especuladores y aventureros que juegan con los bancos y los números comprando y vendiendo acciones cuyo verdadero valor han alterado según su exclusiva conveniencia. Buscan el dinero fácil y no dan trabajo más que a los periodistas que se esfuerzan por airear sus escándalos. El resultado está a la vista: un país en bancarrota y una tasa de desempleo inimaginable quince años atrás.

–¿Tanto tienen que ver esos especuladores con el dinero negro?

–Son sus principales impulsores –puntualizó López-Navarro seguro de sí mismo–. Por un lado, intentan ocultar sus ingentes beneficios con el fin de no pagar impuestos, y, por otro, corrompen a administradores y políticos que a su vez no pueden hacer ostentación de un dinero ilegalmente adquirido. Si a ello le suma los beneficios de los traficantes de drogas, descubrirá que actualmente la bolsa de dinero negro retenida en el país, se aproxima a los diez billones de pesetas. «Billones», con b de burro –puntualizó remarcando mucho las palabras–. Y de esa cantidad, casi la mitad se guarda en billetes.

–¿Está seguro? –se asombró la locutora, a la que parecía costar un gran esfuerzo dar crédito a lo que estaba oyendo.

Guillermo López-Navarro se puso calmosamente en pie, fue hasta la pesada mesa de caoba que dominaba un ángulo de la biblioteca, abrió el cajón central y extrajo una gruesa carpeta con la que regresó a su butaca.

–Échele un vistazo a estos datos –pidió alargándole los documentos–. He pasado los últimos años haciendo cálculos, y aunque por fortuna no nos aproximamos al ocho por ciento de la «tangente» italiana, que es sin duda el más escandaloso de los ejemplos, puedo asegurar, sin miedo a equivocarme, que desde hace casi una década más de un cinco por ciento de nuestro presupuesto anual acaba por convertirse en dinero ilegal que se retira de la circulación para ir a engrosar las cuentas de los políticos, los especuladores y los narcotraficantes. Al paso que llevamos llegará un momento en que se guardarán más billetes en los sótanos de los grandes edificios o en las cajas fuertes de los bancos que el que circule abiertamente.

–¿Qué ocurrirá entonces?

–Que la economía se habrá colapsado. Año tras año se va frenando en ese cinco por ciento, y como nadie tome medidas al respecto alcanzaremos un punto en el que la única actividad económica visible se centrará en un desaforado «lavado» de dinero que a muy pocos beneficia.

–Suena terrible.

–Es que «es» terrible –recalcó el economista–. Y no sólo para nosotros. El problema del dinero negro afecta por igual a la mayoría de los países, y se sabe de casos en que barcos enteros permanecen fondeados en puertos de los llamados paraísos fiscales con las bodegas repletas de billetes listos para ser «blanqueados». En las islas Caimán, por ejemplo, se están llegando a pagar cuatro dólares «sucios» por uno «limpio», y usted comprenderá que un mundo que se ve obligado a funcionar bajo tales parámetros está condenado de antemano al fracaso.

–Jamás me había detenido a pensarlo –reconoció Julia Andrade, que parecía estar descubriendo un universo totalmente desconocido para ella–. Es más, siempre imaginé que la actual crisis económica se debía a una mala administración o a una coyuntura desfavorable y pasajera.

–Coyuntura desfavorable, y por fortuna pasajera, lo fue en su día la crisis petrolera de los años setenta. En ese momento, con la desorbitada subida de los precios del crudo, y su repercusión sobre los costes de producción, las economías de los países industrializados se enfrentaron a un problema real, al que no obstante supieron hacer frente y superar. –Resultaba evidente que, a medida que hablaba, el Viejo Zorro se iba metiendo más y más en el tema, olvidando sus reservas puesto que se trataba de un problema que al parecer le apasionaba–. Coyuntura desfavorable puede ser la guerra del Golfo, la unificación de Alemania, o, pongamos por ejemplo, la destrucción del canal de Panamá, lo que traería aparejado un caos comercial de proporciones incalculables. –Negó con un brusco ademán de la cabeza–. Pero lo que está ocurriendo ahora no se debe a una de tales coyunturas, sino al hecho de que el sistema ha sido diseñado errónea o malintencionadamente con el fin de favorecer a unos pocos en detrimento de la mayoría.

–Fascinante.

–¿Le parece?

–¿Qué quiere que le diga? –puntualizó la locutora con absoluta sinceridad–. Venía a ver si podía conseguir algo mínimamente útil con vistas a un programa que no ofrecía a priori grandes espectativas, y me encuentro con alguien que intenta convencerme de que es el dinero negro que amasan unos pocos el que nos está arruinando a todos.

–¡Un momento! –le interrumpió su interlocutor alzando el dedo como si se tratara de una severa advertencia–. Pese a lo que aseguran algunos, no estoy tan loco como para afirmar que el dinero negro sea el único culpable de los problemas de nuestro tiempo. El auténtico culpable es un modelo económico que permite que se genere un dinero que actúa a su vez contra el sistema, y que concluirá por devorarlo. Conviene matizar, porque de lo contrario me tacharían de iluso. El enfermo de lepra no muere porque le salgan unas llagas que le van carcomiendo los tejidos. Es la enfermedad la que produce las llagas que acabarán destruyéndole.

–Entiendo.

–¿Está segura?

–¡Supongo que sí! –fue la honrada respuesta–. Y si hay algo que no me quede muy claro, no dudaré en confesarlo. –Encendió un nuevo cigarrillo con la colilla del anterior–. Lo que no acabo de entender –añadió–, es la razón por la que no ha expuesto todo esto de modo público.

–¿Y qué conseguiría con eso?

–Que mucha gente tomase conciencia y actuase en consecuencia.

–Serían un tiempo y un esfuerzo perdidos –le hizo notar el Viejo Zorro con imperturbable calma–. Cada día la prensa destapa escándalos políticos sobre ingentes sumas que pasan de una mano a otra sin control de ningún tipo. –Se encogió de hombros con gesto fatalista–. ¿Y qué se hace al respecto? Muy poco, en realidad. Uno de cada mil culpables acaba en la cárcel, pero se echa tierra sobre el resto, en especial si ese «resto» ocupa altos cargos en la administración. Son los propios partidos políticos con sus desorbitadas exigencias de financiación, los más íntimamente implicados en ese tráfico de capitales e influencias, y por lo tanto a ninguno de ellos le interesa reconocer que nos estamos deslizando hacia un abismo. Los corruptos mantienen el firme convencimiento de que lo único que jamás se corrompe es el dinero, y actúan en consecuencia.

–Razón tienen.

–Desde luego, ya que se supone que el dinero es un arma que destruye pero que no puede destruirse a sí misma.

–Ahora sí que empiezo a desorientarme –se vio obligada a admitir Julia , que se esforzaba por captar hasta el menor detalle de aquella sorprendente charla–. ¿Está hablando del dinero negro o del dinero en general?

–Del dinero en general –especificó el anciano–. De algo que acabará destruyéndonos, a no ser que aprendamos a controlar su poder.

–¿Cómo?

–Limitándolo.

–No creo que exista forma alguna de limitar el poder del dinero –sentenció la periodista, convencida–. A más dinero, más poder. Así ha sido siempre, y así seguirá siendo hasta el fin de los siglos.

–Pues ya va siendo hora de que ese estado de cosas cambie.

Julia Andrade pareció desilusionarse, puesto que hasta aquel momento había seguido con innegable interés los razonamientos del economista, aceptando que en cierto modo sus planteamientos ofrecían una cierta lógica visto que, en efecto, la proliferación de grandes bolsas de dinero ilegal que no se reinyectaba en el entramado económico y laboral perjudicaba de forma notable el normal desarrollo de éste, frenándolo como si se tratara de arena que se arrojase al mecanismo de un engranaje que lo que necesitaba era aceite. Pero de ahí a insinuar que se debía limitar el poder del dinero –cosa que nadie había conseguido desde que se pusiera en circulación la primera moneda– mediaba un abismo.

Observó con atención al arrugado hombrecillo de ojos de un azul casi transparente que se sentaba frente a ella, y que le observaba a su vez como si estuviera leyendo cuanto pasaba por su mente, y le intrigó la tranquilidad con que le devolvía la mirada, como si en realidad tuviera una respuesta válida a algo que ella sabía muy bien que no admitía respuesta.

–Me temo que se me ha ido el santo al cielo –se vio obligada a reconocer por último–. Le he seguido durante la mayor parte de la exposición del tema, pero me he perdido en el momento en que ha comenzado a referirse a la limitación del poder del dinero –señaló–. Usted sabe muy bien que eso es algo que nunca podrá hacerse. Los ricos siempre serán ricos, y los pobres, pobres.

–Ahí estriba el error. En la palabra «siempre».

–Sigo sin entenderle.

–¿Por qué un rico tiene que ser «siempre» rico?

–Mientras conserve el dinero lo será. ¿O es que acaso pretende arrebatárselo por la fuerza?

–¡En absoluto! –pareció escandalizarse el otro–. El uso de la fuerza jamás ha conducido a nada. La lucha de clases provoca guerras que deterioran aún más la situación, y a la larga el verdadero problema no estriba en la persona que posea el dinero, sino en el propio dinero.

–Explíquese.

–El poder del dinero es tan fuerte, porque sabemos que es ilimitado en el tiempo y en el espacio. –Sonrió aviesamente, como si en esa sonrisa estuviera el quid de la cuestión–. Pero despojémoslo del factor tiempo. ¿Qué ocurriría con un dinero que tuviese una caducidad determinada?

–¿Caducidad determinada? –repitió la perpleja Julia Andrade.

–Exacto.

–¿Qué pretende decir con eso?

–Que el dinero... –Guillermo López-Navarro unió el dedo índice y pulgar como si con ello puntualizara la frase–. Los billetes, para ser más exacto, deberían tener un tiempo de validez preestablecido y nunca superior a los cinco años. De ese modo se cortarían de raíz todos los problemas que genera el dinero negro, ya que a nadie le interesaría amasar ingentes cantidades de unos billetes que en muy poco tiempo se convertirían en papel mojado.

Fue como un mazazo o un puñetazo en pleno rostro que dejara a quien lo recibiera totalmente aturdido, y la locutora, que era quien en esta ocasión lo recibía, pareció comprender que cada vez necesitaba más tiempo y mayor claridad de ideas para llegar al fondo de lo que su interlocutor le estaba exponiendo.

Lanzó un resoplido, se puso bruscamente en pie y fue de un lado a otro de la amplia estancia como si de pronto hubiera quedado reducida a una minúscula mazmorra.

Miró al anciano, fue a decir algo, cambió de idea, tartamudeó y por último explotó de modo casi incontenible:

–¿De verdad está tratando de hacerme creer que se le ha ocurrido la posibilidad de que los billetes de banco tan sólo sean válidos durante cinco años?

–Eso he dicho.

–¡Es increíble! ¡Absurdo!

–¿Por qué absurdo? –le contradijo el Viejo Zorro–. ¿Dónde está escrito que el dinero tenga que ser eterno? Si mañana el Gobierno lanzara unos billetes diferentes y diera un plazo de seis meses para que todo el mundo cambiara los viejos por los nuevos, sería un problema que únicamente afectaría a un escaso cuatro por ciento de la población.

–¿Usted cree?

–Estoy convencido –afirmó el anciano poniéndose a su vez en pie y acudiendo a su mesa, sobre la que comenzó a desplegar documentos–. ¡Vea! Más del setenta y tres por ciento del dinero circulante se encuentra en bancos y cajas de ahorro. Son «números», no «billetes», y cuando el día de mañana un cliente acudiera a retirar su dinero, se lo entregarían en los billetes que fueran válidos en ese momento.

Por lo tanto, ese cambio no le afectaría en absoluto. –Sonrió con la malignidad de un conejo diabólico–. Pero los políticos corruptos, los empresarios evasores de impuestos o los traficantes de drogas que atesoran esos casi diez billones de pesetas en billetes, se encontrarían de pronto con que se les convierte en papel que no les sirve ni para limpiarse el culo, y tendrían que apresurarse a aflojarlo reinyectándolo en la economía, o correrían el riesgo de perderlo definitivamente.

–¡Pero eso produciría...!

–Una momentánea desestabilización provocada por el aluvión de dinero –admitió el Viejo Zorro como si le leyera el pensamiento–. Durante seis meses asistiríamos a una inflación ficticia debido a que los poseedores de dinero negro querrían comprar oro, joyas y obras de arte. –Hizo un gesto despectivo con la mano–. Pero no se preocupe –añadió–. Nadie invertiría esos billones en comprar lechugas o patatas. Inventarían mil trucos para deshacerse rápidamente de los billetes, pero todo ello repercutiría en beneficio del comercio y la actividad.

–Podría generarse el caos –le hizo notar la locutora.

–¿Acaso no es un caos nuestra actual economía? Y un caos que cada día va a peor y del que no se divisa el final. Según este otro planteamiento se limitaría a un caos de medio año, que sabríamos exactamente en qué fecha concluiría.

–Tantos billones lanzados bruscamente al mercado en seis meses, son muchos billones –le hizo notar su interlocutora mientras se inclinaba a estudiar los documentos que aparecían desparramados sobre la mesa–. Sería una masa de dinero incontrolable.

–Casi la mitad nunca afloraría –fue la respuesta–. Estudie esta lista de nombres –pidió–. Calculo que entre medio millar de personas acumulan más de cinco billones de pesetas en billetes ilegales, y la mayoría preferiría perderlos a correr el riesgo de pasar años en la cárcel. –Lanzó una corta risita como si toda aquella historia se le antojara una gran travesura–. ¡Imagínese! Perderían de un golpe todo lo que han robado, y que, curiosamente, iría a engrosar las arcas del Estado.

–¿Por qué?

–Porque al no tener que reponer unos billetes que no aparecen, el Banco de España dejaría de responder por ellos, y por lo tanto, al «no existir» pasarían al Estado, y por ende a todos los ciudadanos. Habría más dinero para carreteras y hospitales, de tal forma que, a la larga, serían los ciudadanos los que se beneficiarían de tanto negocio sucio.

–Suena precioso –le hizo notar ella–. Pero más aún suena a utopía.

–¿Por qué utopía? –quiso saber el economista–. Una utopía es por definición un sueño irrealizable, pero en este caso bastaría con voluntad política para sacarlo adelante.

–Pero ¿a qué costo? –preguntó Julia Andrade, que comenzaba a calibrar las dificultades de tan arriesgada empresa–. ¿Se da cuenta de lo que costaría cambiar todos los billetes que circulan por el país? Habría que hacer diseños nuevos y nuevas matrices. Y habría que imprimirlos y distribuirlos. ¡Resultaría prohibitivo!

–Se equivoca –sentenció el otro seguro de sí mismo–. El coste sería mínimo en relación con los beneficios.

–¿Cambiándolo todo? –se asombró ella–. Estamos hablando de una transformación completa del sistema.

–Es usted quien habla de eso, no yo.

–No consigo entenderle.

–Pues resulta muy fácil. Usted habla de cambiar «todo», y eso no sería necesario.

–¿Por qué?

–Porque bastaría con cambiar una sola cosa.

–¿Qué cosa?

–El color.

Fue como si Julia se hubiera caído de una higuera, y quedó tan aturdida, que por unos instantes a punto estuvo de maldecirse por su propia estupidez.

–¿El color...? –balbuceó por último como si le costase articular cada palabra.

–¡Exactamente! Se conservarían los mismos billetes, los mismos diseños y las mismas planchas, pero lo único que se cambiaría sería el color. Si el billete de diez mil pesetas es hoy azul, a partir de un determinado día tan sólo tendrían valor los rojos. Y el de cinco se haría verde, el de mil marrón y así sucesivamente. No habría más costo que el de impresión y reparto, y los viejos billetes, ya inútiles, se reciclarían en papel para los nuevos.

–¡Mierda! –Julia se avergonzó en el acto de su exclamación–. Perdone –suplicó–. Pero es que me ha dejado estupefacta. ¡Sería suficiente con cambiar el color de los billetes...! Casi no puedo creerlo.

–Siempre se ha hablado del «color del dinero», y ahora sería ese color el que solucionaría la mayoría de los problemas. –Rió divertido–. En especial el del dinero negro.

–¡Aguarde un momento! –suplicó la locutora–. Déjeme un tiempo para asimilarlo, porque empiezo a temer que todo esto me desborde. ¿Realmente está convencido de que por el simple hecho de variar de improviso el color de los billetes se podría sorprender y destruir una bolsa de dinero ilegal calculada en billones de pesetas?

–Absolutamente. Y es más, advirtiendo de antemano que cada cinco años los billetes cambiarían nuevamente de color, se evitaría que nadie cayera en la tentación de amasar un dinero ilegal que acabaría valiendo menos que un periódico usado.

–Pero la gente inventará otras formas de corrupción y de evasión.

–¡Que las inventen! –fue la rápida respuesta del anciano–. Cualesquiera que fueran resultarían más complicadas, más localizables y menos dañinas que el sistema actual. Los corruptores y los corrompidos tendrían que emplear su dinero en comprar cosas, eso reactivaría la economía, y tales cosas, salvo el oro y las piedras preciosas, resultarían mucho más visibles que un billete de banco. De lo único que tendrían que preocuparse entonces los inspectores de hacienda sería de establecer un rígido control sobre las joyerías para que nadie comprara con dinero contante.

–Lo tiene usted muy bien pensado.

–Es mi oficio –le hizo notar él–. Y desde que me

jubilé no he hecho otra cosa que darle vueltas al tema.

–Entiendo... –Julia Andrade regresó al sobado sillón de cuero granate, encendió un nuevo cigarrillo, fumó meditabunda y por último observó al Viejo Zorro, que había acudido a su vez a tomar asiento frente a ella–. Pero hay algo que no entiendo –musitó al fin–. ¿Por qué no ha hablado antes de esto?

–Porque nadie me lo ha pedido.

–¿Y cómo se lo iban a pedir si a nadie se le ocurriría que tales teorías pudieran existir? –se asombró ella.

–No cabe duda de que es una magnífica pregunta –admitió él, como si estuviera tomándole el pelo–. Pero ¿a quién pretende que se lo cuente? ¿A mi hermana que está más sorda que una tapia y en su vida se ha atrevido a firmar un cheque, o a Ruth, que apenas habla más que alemán y cuyo mayor placer es pasarse las tardes en El Corte Inglés?

–Supongo que tendrá amigos, alumnos, compañeros de universidad...

El anciano meditó unos instantes y por último negó con suavidad.

–La edad nos vuelve solitarios y egoístas de nuestro ya escaso tiempo –musitó–. Desde que murió mi esposa me fui encerrando en mí mismo, y si quiere que le confiese la verdad, en estos momentos no existe nadie a quien me apetezca confiarle mis teorías.

–¿Y por qué a mí?

El Viejo Zorro sonrió con aquella picardía que a menudo obligaba a pensar en un niño travieso, y por último hizo un gesto hacia el pequeño receptor de televisión que aparecía empotrado entre unos libros, a espaldas de su interlocutora.

–Tal vez porque hace cuatro años que la considero como de la familia –señaló–. Cuando estoy aquí, a solas, usted se asoma a esa pantalla y me cuenta lo que ocurre en el mundo. Y me lo cuenta de un modo sencillo y coloquial, con su eterna sonrisa y su serena expresión de persona que cree en las cosas. ¡Yo la admiro! –añadió con un leve tono apasionado–. La admiro como la mujer que me hubiera gustado tener, la presentadora que ejecuta bien su trabajo, y la amiga que me hace partícipe de confidencias. Por eso, cuando se ha sentado ahí, a menos de un metro de donde la veo siempre, ha sido como si lleváramos años tratándonos y me ha dado la impresión de que era la persona idónea para contarle todo lo que llevo dentro.

–¡Gracias!

–¡No me las dé! –exclamó–. La verdad, verdad, es que soy un viejo verde que únicamente pretendía no morirse sin haberle visto las piernas.

Julia regresó directamente a casa, agradeció en el alma que ni Andrea ni Mauro hubieran llegado aún, y tras darse un largo baño y cenar frugalmente, se metió en la cama porque le constaba que era allí donde mejor podía reflexionar sobre cuanto acababa de oír, ya que de algún modo parecía presentir que la extraña entrevista con Guillermo López-Navarro venía a aportar algo nuevo a una vida profesional que en los últimos tiempos no le había ofrecido particulares motivos de interés.

Ahora compartía un secreto.

Era la única persona de este mundo a la que al parecer el Viejo Zorro había hecho partícipe de sus teorías, y pese a que era consciente de que personalmente no tenía los conocimientos necesarios para discernir si se trataba de una estupidez o una inspiración genial, se esforzaba por analizar a fondo cada palabra del economista en una casi irracional necesidad de convencerse a sí misma de que aquellas atrevidísimas fórmulas –tan lógicas en apariencia– podían aplicarse a la realidad cotidiana.

¿Era acaso López-Navarro un pobre anciano al que el exceso de soledad impulsaba a desvariar?

No era aquélla desde luego la impresión que le había producido, puesto que supo responder a todas sus preguntas con una naturalidad irreprochable, pero aun así, la locutora no podía por menos que preguntarse cómo era posible que –de resultar factibles– a nadie se le hubiese ocurrido poner en práctica semejantes planteamientos.

–En primer lugar –había sido la respuesta del catedrático al señárselo–, a nadie se le ha ocurrido por el hecho evidente de que hasta el presente el problema jamás había alcanzado las proporciones actuales. Nunca, que se recuerde, la presión fiscal había sido tan grande, ni nunca había estado controlada por unos complejísimos sistemas informáticos capaces de detectar la menor anomalía en una declaración de la renta. Hace apenas tres años que el gigantesco ordenador central del Ministerio de Hacienda recibe, registra y «cruza» cuanta información existe sobre cada contribuyente, incluidas sus cuentas corrientes. –Abrió las manos en un gesto que quería significar que en ese simple hecho residía el problema–. Por miedo a ese ordenador, un político corrupto o un traficante de drogas no puede ingresar impunemente dinero en su banco, pues le consta que lo controlan, y que la única forma que existe de escapar a ese control es «guardar los billetes bajo un ladrillo». Y por lógica el problema irá a peor, porque, a más control, más «dinero bajo el ladrillo».

–En ese caso, ¿podría decirse que la solución es nueva, debido a que el problema es nuevo?

–El problema de la corrupción es tan viejo como el ser humano, ya que Eva fue la primera en dejarse corromper. Lo que ocurre es que en aquellos tiempos no existía Hacienda, y desde luego no existía un ordenador capaz de controlar cuántas manzanas se había comido...

Julia se quedó dormida tratando de imaginar la reacción de los telespectadores cuando el Viejo Zorro expusiese sus arriesgadas teorías, tal vez los nervios la obligaron a despertarse más temprano que de costumbre, y tal como solía hacer dos veces por semana se encaminó directamente a un cercano salón de belleza en el que le arreglaban las uñas y le machacaban el cuerpo durante más de dos horas con un severo y reconfortante masaje.

Se llevó un bloc en el que ir anotando las preguntas concretas que pensaba hacer durante la entrevista, pues sabía que siendo el tiempo de emisión limitado y el tema muy amplio, tendría que aquilatar mucho para poder exponerlo todo sin miedo a olvidar nada esencial, y se encontraba ya con la mano izquierda sumergida en el agua a la espera de que llegara la manicura, cuando advirtió que alguien se detenía frente a ella, y al alzar el rostro se enfrentó a una elegante dama de aspecto extrañamente severo que la observaba con fijeza.

Le devolvió la mirada y al poco la recién llegada inquirió en un tono frío y casi desafiante:

–¿Julia Andrade...? –Ante el mudo gesto de asentimiento de la aludida, añadió–: ¿Podría hablar unos instantes con usted?

–¿Sobre?

–Mi hijo. Permita que me presente –señaló sin hacer el menor gesto de alargar la mano–. Me llamo

Leonor Arencibia, viuda de Montero-Machado, y mi hijo se llama Hugo. ¿Le conoce?

Los dedos que aún permanecían en el agua temblaron levemente.

–Personalmente no –replicó Julia esforzándose por evitar que su voz denotara el pánico que la invadía–. Pero he oído hablar de él.

–¿A quién?

–A mi prima Andrea.

–¿Andrea Ferreira? –Leonor Arencibia viuda de Montero-Machado alargó la mano, se apoderó de un sillón y sin dignarse pedir permiso para hacerlo tomó asiento frente a su interlocutora–. Tengo entendido que es una muchacha espectacular –añadió con maligna intención.

–En efecto. Lo es. Y muy inteligente.

–Mi hijo habla de ella a todas horas –continuó la otra como si no le hubiera escuchado–. Y tengo la impresión de que está decidido a casarse con ella.

–No me extraña –musitó la locutora apenas con un hilo de voz–. Andrea sería una magnífica esposa.

–¿Usted cree?

–Estoy convencida.

Doña Leonor dejó su costoso bolso de Loewe en el suelo, se llevó la mano a los labios, se mordisqueó por un instante la punta del dedo índice y, como el águila que estudia a su presa, inquirió aviesamente:

–Y ¿no le molesta?

–¿Por qué habría de molestarme? –quiso saber Julia–. Por lo que me ha contado Andrea, su hijo es un excelente muchacho.

–¡Excelente sin duda! –reconoció su madre–. Guapo, simpático e inteligente. –Hizo una significativa pausa–. Y cuando yo muera heredará una considerable fortuna, por lo que podría aspirar a casarse con cualquier muchacha «decente» de familia acomodada. –Volvió a mordisquearse el dedo, aunque esta vez casi con saña–. Pero por desgracia el problema no es de índole económica, sino digamos de otro tipo. Supongo que se lo imagina.

–Imaginar no es mi trabajo –fue la seca respuesta.

El tono de doña Leonor Arencibia viuda de Montero-Machado cambió, y de veladamente agresivo pasó a abiertamente hostil y casi amenazador, como si se hubiera hastiado de un juego que nunca había tenido excesivo interés en practicar.

–¡De acuerdo! –exclamó–. Ya que parece no querer darse por enterada, seré más explícita... –La miró de frente–. He recibido inquietantes noticias sobre la moralidad de la señorita Ferreira.

–¿Por parte de quién?

–Eso no lo sé. Una desconocida me telefoneó, y aunque jamás me he prestado a este tipo de intrigas, fue tan explícita, y el tema me atañe de modo tan directo, que no pude por menos que prestarle atención.

–¿Una mujer? –Ante el gesto de afirmación, la desconcertada Julia aventuró–: Probablemente se trate de una de esas muchachas «decentes» de familia acomodada que aspiran a casarse con su hijo.

–Lo dudo –fue la sincera respuesta–. Su forma de hablar era de una vulgaridad aplastante, ya que entre otras cosas, en lugar del término «homosexual» o «lesbiana», acostumbraba a decir «tortillera». –Doña

Leonor remarcó ahora mucho las palabras–. Y lo aplicaba con generosidad a su prima.

–¿Le confesó que había mantenido ese tipo de relaciones?

–No, pero insistió en que si me interesaba el tema recibiría una fotografía de su, digamos, «amiga íntima». –La viuda de Montero-Machado alargó la mano, abrió el bolso y sacó el recorte de una revista con una foto de Julia y el nombre del salón de belleza escrito a mano–. Hace un par de horas encontré esto en el buzón; su foto y el lugar en que podría encontrarla –concluyó.

La locutora observó despectivamente el trozo de papel como si fuera algo que pudiera contaminarla, aunque se esforzó por reconocer la letra con que había sido escrita la dirección del salón de belleza.

–Lo malo de los anónimos –musitó al fin–, es que pueden calumniar impunemente a quien les plazca.

–Eso fue lo que me dije –replicó la viuda de Montero-Machado–. Pero fue entonces cuando recordé que Hugo me había comentado que la señorita Ferreira convive con usted desde hace ya varios años.

–¿Convive? –remarcó Julia con intención–. ¿Qué quiere usted decir con eso de «convive»?

–Usted sabrá.

–Lo único que sé es que Andrea vive con mi marido y conmigo, puesto que no es prudente que una muchacha tan llamativa corra riesgos inútiles. –Julia hizo una corta pausa–. Y lo cierto es que no veo por qué tengo que darle ningún tipo de explicación, ya que ése es un tema que debería tratar directamente con Andrea.

Doña Leonor dirigió una severa mirada de reconvención a la señorita que se aproximaba con intención de ocuparse de las uñas de Julia, y que al advertir su presencia se volvió a su cliente como pidiendo instrucciones.

Ésta le rogó que las dejara a solas, y cuando la manicura se hubo alejado nuevamente, la viuda de Montero-Machado replicó:

–Lo pensé por un momento, pero llegué a la conclusión de que significaría tanto como enemistarme con ella para siempre. –Hizo una corta pausa–. Y quiero creer que si ustedes son tan «buenas amigas» como parece, nunca le contará que he venido a verla.

–Me sorprende su confianza pese a lo que le han dicho de mí –fue la agria respuesta no exenta de ironía.

Su interlocutora pareció desconcertarse un instante y resultaba evidente que se sentía terriblemente incómoda, como si ella misma se estuviera preguntando qué demonios hacía allí y por qué estaba manteniendo tan difícil y desagradable conversación.

Por último, en un tono mucho más conciliador, señaló:

–Escuche... Puede que yo sea una estúpida que pertenece a una generación trasnochada, e incluso puede que sea una carca que sigue yendo a misa los domingos, pero está claro que me enseñaron a no confundir el culo con las témporas, y de hecho tengo un administrador homosexual en el que confío plenamente.

–Quizá se deba a que admite la homosexualidad entre hombres, pero no entre mujeres. Suele ocurrir –dijo Julia.

–Se equivoca. La acepto también entre mujeres. En todas, excepto en la que vaya a casarse con mi hijo. La nuestra es una vieja familia cargada de tradiciones, y aunque me consta que los tiempos han cambiado, no creo que nadie me pueda impedir que exija una cierta conducta moral a quien vaya a entrar a formar parte de esa familia.

–Supongo que no.

–Eso mismo creo yo... –Doña Leonor pareció cansarse definitivamente del tema–. En caso de que su relación sea limpia y honorable, esta visita no pasaría de ser algo denigrante, por lo que le pido perdón. Pero si no fuera así...

Julia le lanzó una dura mirada e inquirió en tono brusco:

–¿Me está amenazando?

–En absoluto –se apresuró a tranquilizarle la otra–. Tan sólo le suplico que trate de convencer a su amiga de que se aparte de mi hijo. –Su tono volvió a ser duro y cortante–. Estoy dispuesta a invertir hasta mi último céntimo en impedir que mi Hugo se case con una lesbiana.

–Las estadísticas indican que un alto porcentaje de mujeres suelen tener alguna relación homosexual antes de casarse, pero que luego las rechazan para pasar a convertirse en magníficas esposas –argumentó Julia sin la menor convicción.

–Pero a mí no me apetece tener nietos de una estadística –fue la agria respuesta–, sino de una muchacha a la que pueda querer y respetar desde el momento mismo en que entre en mi casa. –Doña Leonor recogió su bolso y se puso en pie–. Y ahora tengo que marcharme –añadió–. Le reitero mis disculpas en caso de haberme equivocado, y en verdad que lamento en el alma este enojoso asunto. Es la primera vez que veo a Hugo entusiasmado con alguien.

Se alejó tan impasible como si acabara de tomar el té con una vieja amiga, dejando a Julia tan aturdida y avergonzada que se vio obligada a hacer un notable esfuerzo para no lanzar un aullido de rabia.

Una hora más tarde se encontraba de nuevo en casa, y le dolió enfrentarse a una animosa Andrea que al ritmo de una música excesivamente alta hacía gimnasia en el desván, sudando y resoplando enfundada en unas mallas negras que resaltaban increíblemente la perfección de su figura.

La observó unos instantes y la otra pareció presentir que algo grave ocurría, puesto que de inmediato desconectó la música y secándose el sudor con una pequeña toalla, inquirió.

–¿Ocurre algo? –No aguardó siquiera respuesta para inquirir de nuevo–: ¿Se trata de Mauro? ¿Qué ha hecho esta vez?

Su amiga necesitó tan sólo un instante para decidirse a soltar lo que le reconcomía:

–Ha enviado un anónimo a la madre de Hugo contándole que nos acostamos juntas.

Andrea Ferreira pareció comprender que las piernas iban a fallarle, puesto que lanzando un leve lamento fue a tomar asiento en el rústico banco de madera que corría a todo lo largo de la pared.

Observó de frente a la recién llegada y, como si aún conservara un hilo de esperanza, musitó apenas:

–¿Estás segura?

–Ha ido a verme a la peluquería. –Julia soltó un sonoro bufido–. Y te garantizo que ha sido muy, muy desagradable.

–Lo imagino –admitió la otra apoyando los codos en las rodillas e inclinando la cabeza como si acabaran de darle un seco golpe en la nuca–. ¿Qué te hace suponer que ha sido Mauro?

–¿Quién si no? –fue la irónica respuesta.

–¡Cualquiera sabe!

–Son sus métodos. Le habrá pedido a alguna amiga que llame sin dar nombres y al mismo tiempo habrá enviado mi foto y la dirección de la peluquería. Muy propio de él, para que ni siquiera su amiguita sospeche que yo estoy implicada en el tema.

–¡Hijo de puta! –explotó la muchacha–. ¿Cómo puede hacernos una cosa así?

–A mí ya me ha hecho muchas. –Julia fue a tomar asiento a su lado y le golpeó con afecto la pierna en un vano esfuerzo por consolarla–. ¡Lo siento! –dijo–. Empieza a destrozar tu vida del mismo modo que destrozó la mía.

–Pues no pienso consentírselo.

–Afortunada tú que aún estás a tiempo de impedírselo –musitó la locutora con lo que parecía un gesto de suprema resignación–. Cuando caí en la cuenta de que en realidad era el canallita falso y embaucador que mi padre pronosticara, resultó demasiado tarde, y un orgullo estúpido me impidió reconocer que me había equivocado.

–¿Ni siquiera ante tu padre?

Julia apoyó la cabeza en la pared, y a través del

tragaluz del techo observó el encapotado cielo en el que los negros nubarrones que habían aparecido a media mañana comenzaban a concentrarse amenazando con una de aquellas tardes lluviosas y desapacibles que tanto contribuían a deprimirla.

No había nada en este mundo que le afectara más que el grisáceo y sucio cielo madrileño que solía preceder a una tarde de lluvia triste y mustia.

Odiaba los atascos de tráfico que esa lluvia traía consigo, y el insoportable resonar de las impacientes bocinas, y tanto más los odiaba cuanto más le remontaban a aquellas otras tardes de lluvia de su infancia, cuando su madre preparaba chocolate caliente y merendaban todos juntos en la enorme cocina, para sentarse luego en torno a la mesa camilla a jugar al parchís al calor del brasero.

Aquellos años habían sido los más hermosos de su vida.

Amados tiempos en los que en el exterior del enorme caserón tan sólo se escuchaba el relinchar de los caballos y el lejano ladrido de los perros, mientras que en el interior se mantenía un silencio roto únicamente por las risas y exclamaciones de los niños.

El gigantesco Gonzalo Andrade siempre había sido considerado como el mejor entrenador de caballos de su época, y Julia y sus hermanos se habían criado por tanto entre animales, disfrutando de una vida sana y un afectuoso padre que acostumbraba a levantarse antes del alba para atender a su trabajo, pero que no dudaba en dedicar la mayor parte de las tardes de su vida al sagrado deber de jugar con sus hijos.

«Puede que llegue a tener muchos caballos campeones –solía decir–. Pero lo que ya no tendré nunca serán más hijos en edad de jugar.»

Julia evocó nostálgica la enorme humanidad de la que se escapaba una casi histérica risita de conejo cada vez que ganaba una partida, y concluyó por negar con un lento ademán de la cabeza.

–Ante él menos que nadie –musitó al fin con profundo pesar–. Nunca ha sido el mismo desde que me casé con Mauro, y ni siquiera mi éxito como presentadora le compensa, puesto que no soñaba con tener una hija famosa, sino una hija feliz que le llenara de nietos. –Sonrió con amargura–. Aún está esperando que un día vaya a decirle: «Tenías razón, me casé con un hijo de la gran puta».

–¿Y por qué no lo haces?

–Porque mi padre es de los que preferirían haberse equivocado, y el hecho de darle la razón no le compensará por lo que me ha visto sufrir.

–Entiendo... ¿Qué te dijo la madre de Hugo?

–Se mostró muy correcta, pero insistió en que si lo nuestro era cierto, te apartaras de su hijo o nos hundiría.

–Supongo que puede conseguirlo.

–Sobre todo si cuenta con la ayuda de Mauro. –Julia se volvió a observarla de reojo–. ¿Qué piensas hacer?

–¿Qué me aconsejas?

–Depende de cuánto te interese ese chico. En ocasiones vale la pena luchar.

Andrea meditó la respuesta, observó que gruesas gotas de lluvia comenzaban a caer sobre el tragaluz y por último asintió con un mudo ademán de la cabeza.

–Me interesa –admitió. Chasqueó la lengua como si le costara trabajo aceptar la realidad–. Hace días que no soportaba que nadie más me pusiera la mano encima. Ni siquiera tú.

–Lo había notado.

–Me avergonzaba de mí misma y de jugar a famosa modelo sexualmente liberada. Sobre todo cuando me trataba casi como si fuera virgen. –Lanzó un gemido–. ¡Dios! –exclamó dolida–. ¡Si pudiera imaginar siquiera las cosas que hemos hecho...!

–Yo estoy dispuesta a negarlas.

–¿Y de qué serviría? –quiso saber Andrea–. Lo cierto es que las hemos hecho, y eso es algo que siempre llevaremos dentro. –Se puso en pie y comenzó a pasear de un lado a otro como una fiera enjaulada–. Y al final estallaría un escándalo que podría costarte la carrera. –Se detuvo tan sólo un segundo–. ¿Es que Mauro ni siquiera piensa en eso?

–Mauro nunca piensa más que en sí mismo –fue la agria respuesta.

–Pero ¿por qué aceptamos esta situación? –inquirió de improviso Andrea como si en realidad nunca lo hubiera entendido–. ¿Por qué? Resulta tan absurda y antinatural. Cuando se ama a alguien no se necesita nada más. Te llena, y el resto del mundo sobra. –Se aproximó para arrodillarse frente a ella–. ¿Por qué nos cegamos de este modo? –quiso saber.

–Tal vez porque nunca habíamos amado realmente a nadie. –Julia tomó a su amiga de la barbilla y le obligó a mirarla a los ojos–. ¿Por qué no te vas con

Hugo? –inquirió–. Marchaos muy lejos, casaos en cualquier parte, y a la vuelta ya su madre no será capaz de decir nada.

–No sería justo.

–¡Tienes razón! No sería justo y ya hemos cometido demasiados errores –admitió Julia lanzando un hondo suspiro de resignación–. ¿A qué hora volverá Mauro?

–No volverá –fue la seca respuesta–. Dijo que le habían llamado del ministerio y que estaría una semana en Bruselas.

–Como siempre, tira la piedra y corre. ¡Cerdo!

Andrea meditó unos instantes, se apoderó del teléfono que descansaba en el extremo del largo banco y aún arrodillada como se encontraba marcó un número.

Cuando le respondieron al otro lado, dijo:

–¡Hola! Soy yo. ¿Estás solo? –Hizo una difícil pausa antes de añadir con un nudo en la garganta–: ¡Escucha, por favor! Ha vuelto mi novio. Nunca te hablé de él, pero ha sido lo más importante de mi vida y lo más probable es que nos casemos muy pronto. ¡Siento hacerte daño! –concluyó–. Lo siento de veras. ¡Adiós!

Colgó y permaneció muy quieta, con la mano aún sobre el teléfono y la cabeza inclinada sobre el regazo de Julia, hasta que ésta exclamó admirada:

–Tienes más cojones que el caballo de Atila.

–El caballo de Atila no era el que tenía cojones, sino el que no dejaba crecer la hierba por donde pasaba –le hizo notar la muchacha.

–¡Bueno! Supongo que también tendría cojones –señaló Julia–. ¿O es que acaso era una yegua?

–Te agradezco la intención, pero no estoy para chistes, sobre todo si son tan malos –masculló Andrea–. Me muero de ganas de llorar.

–¡Pues llora!

La muchacha negó convencida mientras se erguía muy lentamente.

–¡No! –sentenció–. No voy a darle a Mauro la satisfacción de haber llorado por su culpa. ¡Ni a él ni a nadie!

Julia decidió invitar a comer al Viejo Zorro horas antes de que acudiera a su casa el resto del equipo, puesto que tenía sumo interés en repasar las preguntas que había preparado, así como calcular el tiempo que deberían dedicar a cada una de ellas con vistas a no correr el riesgo de que algo importante se les quedara inadvertidamente en el tintero.

Pese a que Sebastián Centeno asegurase que hacía ya años que le había perdido el respeto a las cámaras e «incluso a los ministros», la ya veterana presentadora se enfrentaba a aquella trascendental entrevista como si fuera la primera de su vida, convencida como estaba de que aunque se tratase de la que hiciera el número mil, sería sin lugar a dudas la más importante que llevara a cabo nunca.

Tenía que conseguir que millones de espectadores a los que otras muchas cadenas estarían ofreciendo en esos momentos opciones muy diferentes, y probablemente a primera vista bastante más atractivas, decidiesen no obstante permanecer en su sintonía con el fin de asombrarse ante los novedosos planteamientos de un anciano que tal vez podría cambiar, con sus osadas teorías, el rumbo de su existencia.

Se citaron en un antiguo restaurante que se alzaba frente al Templo de Nebod, a menos de quinientos metros de la casa de López-Navarro, y que siempre había constituido un lugar agradable y tranquilo en el que podrían disfrutar de una buena cocina y un rincón discreto en el que charlar sin que les molestasen. Julia fue la primera en sorprenderse al descubrir que las manos le temblaban en el momento de entregar las llaves al guardacoches, puesto que se sentía tan excitada como si en realidad estuviese acudiendo a una cita amorosa.

–¡Si seré estúpida! –masculló burlándose de sí misma por tan absurda actitud.

El hombrecillo de los ojos azules y la irónica sonrisa, le aguardaba hojeando una revista en una apartada mesa, y en el momento de aproximarse a él le asaltó la extraña sensación de que no se trataba de un simple conocido a quien veía por segunda vez en su vida, sino más bien de un amigo muy querido que siempre hubiese formado parte de su existencia sin que ni siquiera ella misma tomara conciencia de ello.

Se observaron en silencio, y si la diferencia de edad no hubiese resultado a simple vista tan abismal, el circunspecto camarero tal vez se habría atrevido a sospechar que se trataba de dos maduros amantes clandestinos.

Y es que en el fondo de su alma, Julia Andrade amaba ya a aquel curioso anciano de aspecto estrafalario que sin más ayuda que su inteligencia y su profunda humanidad había sido capaz de devolverle anhelos e ilusiones perdidos definitivamente tiempo atrás.

–¿Cómo estás? –inquirió besándole con naturalidad en la mejilla y tuteándole como si hubiese llegado a la conclusión de que la complicidad que les unía desterraba toda posibilidad de protocolo.

–Contento de volver a verte las piernas.

–Yo también, aunque no te vea las piernas... –rió ella divertida–. Me siento como cuando, a los once años, me enamoré perdidamente de mi profesor de historia.

Uno de los ojos azules se cerró en un gracioso guiño.

–También yo me enamorisqué un par de veces de alumnas que podrían haber sido mis nietas –replicó su dueño traviesamente–. Pero jamás me atreví a aceptarlo porque en aquel tiempo yo era un hombre casado y serio.

–¿Y ya no eres serio?

–Ahora sólo soy viejo, que es lo más serio que puede ocurrirle a un hombre.

Dejaron el tema porque un servicial *maître* había acudido a preguntar qué les apetecería comer, y una vez que hubieron hecho su elección, Julia colocó sobre la mesa el bloc de notas para inquirir en un tono de voz más directo y profesional:

–Creo que dispondremos de unos veinte minutos –dijo–. Media hora como máximo, y he confeccionado una lista de catorce preguntas que se me antojan básicas. Debemos estudiar la forma de encajar las respuestas en ese tiempo.

El Viejo Zorro recogió las pesadas gafas de concha que había dejado sobre la mesa, se las colocó calmosamente y analizó una por una las preguntas, tan concentrado en ellas, que ni siquiera advirtió que el *sommelier* aguardaba a que catara el vino y le diera su aprobación para servirlo.

Por último hizo un leve gesto de asentimiento, y volviéndose a su acompañante, señaló:

–Prescindiría de un par de ellas que se me antojan obvias.

–Ten en cuenta que lo que a ti te resulta obvio, la mayoría de los telespectadores lo encontrarán bastante complicado –fue la respuesta–. Procuremos que el ciudadano medio capte el fondo de tus ideas, puesto que deberá ser él quien presione para que algún día se lleven a cabo.

–¡Deja de soñar! –le suplicó humorísticamente el escéptico López-Navarro–. Te advertí que ningún Gobierno consentirá en poner en práctica mis fórmulas, puesto que atentan contra el principio básico de todo gobernante, que es el de ser dueño absoluto de los resortes económicos del país, ya que quien no controle la economía jamás controlará la política.

–Pero según también me señalaste, darle una cierta «caducidad» al dinero sería la mejor forma que tendría el Gobierno de controlarla.

–¡Desde luego! –admitió el anciano–. Pero establecer ese rígido control sobre el dinero significaría establecer idéntico control sobre quienes lo utilizan mal, y el primero en utilizarlo mal es siempre el propio Gobierno. No creo que ningún político se arriesgue a maniatar a otros sobre la base de ser el primero en colocarse las esposas.

El camarero reapareció con una bandeja de jamón, y la locutora aprovechó la ocasión para intentar llegar a lo más profundo de unos razonamientos que por desgracia sonaban cruelmente pesimistas.

–Eso nos conduciría a un callejón sin salida –musitó al fin–. Si sólo los políticos pueden tomar tales medidas, y tú estás convencido de que no se arriesgarán a tomarlas, ¿qué esperanza nos queda?

–Ninguna.

–¿Por qué seguimos entonces adelante con todo esto?

–Porque tú así lo quieres –le recordó el Viejo Zorro–. Y porque a mi edad, luchar contra molinos de viento es una forma mucho más divertida de caerse del caballo que hacerlo porque ya las piernas no te aguantan.

–¡Me encantas!

–Si me hubieras dicho eso hace veinte años ya te estaría metiendo mano debajo de la mesa –le advirtió él cómicamente serio.

–Y yo me sentiría feliz de que lo hicieras –rió ella–. Pero volvamos a lo nuestro... debes tener muy presente que el nivel mental del espectador medio es bastante bajo, y que además suele estar harto de la confusa palabrería seudocientífica con que le bombardean a diario. Tienes cosas importantes que decir y quiero que las digas de un modo claro y conciso.

–En ese caso, lo primero que tendría que decirles es que se negaran a votar sin garantías –puntualizó el anciano.

–¿A qué te refieres? –quiso saber la una vez más desconcertada locutora.

–A que resulta absurdo que la gente continúe acudiendo a votar a sabiendas de que cuanto les prometen los candidatos será olvidado al día siguiente, y no les quedará ni tan siquiera el derecho al pataleo.

–Siempre ha sido así.

–Pues ha llegado el momento de que eso cambie –sentenció con sorprendente seriedad el hombrecillo de los ojos azules–. Nadie debería votar si previamente los partidos políticos no hubiesen firmado ante notario cuáles son las líneas matrices de su programa electoral, y la Constitución no reconociera el derecho de todo ciudadano a llevar ante los tribunales, demandando por daños y perjuicios, a quienes no cumplieran con posterioridad lo que habían firmado.

–¿De qué diablos estás hablando ahora?

–De un derecho que deberíamos considerar básico o irrenunciable. De la misma manera que cuando se compra una casa o se inicia una relación comercial se firma un contrato, en el caso de una votación debería exigirse idéntico requisito. Resulta absurdo (y hasta podría añadir que criminal) que los socialistas ganaran unas elecciones esgrimiendo la célebre frase «OTAN, de entrada, no», para que en cuanto accedieron al poder se apresuraran a entrar a formar parte de la OTAN sin que quienes les habían votado se atrevieran a llevarles ante los tribunales de justicia. Es como si yo me negara a pagar el tercer plazo de un coche pero aun así el vendedor no pudiera recuperarlo.

–Creo que acabarás volviéndome loca –se lamentó Julia Andrade lanzando un leve gemido–. ¿Qué tiene eso que ver con el dinero negro?

–Nada, quizá –admitió el Viejo Zorro–. O tal vez mucho, puesto que desde el momento mismo en que estamos aceptando que los políticos cambien las reglas del juego, nos vemos condenados a aceptarlo todo; incluso que el director de la Guardia Civil se convierta en el delincuente más buscado del país, la presidenta de la Cruz Roja corrompa nuestra institución más respetada, los sindicatos se queden con el dinero de las viviendas de los obreros, o el señor que firma los billetes estafe a Hacienda.

–Te sales del tema –protestó su compañera de mesa, cada vez más perpleja.

–¡Te equivocas! –le contradijo él–. Me limito a ahondar en sus raíces. Y cuando la raíz de un sistema se asienta, como en este caso, en una falsedad, no podemos exigir que ese sistema dé frutos sanos. Lo único que tiene el ciudadano para ser dueño de su destino es su voto, y cuando entrega ese voto y al poco descubre que le dan a cambio otra cosa, le están estafando.

–Su fuerza reside en que cuatro años después puede cambiar el signo de ese voto.

–¿A favor de quién? ¿De alguien que de igual modo está en libertad de estafarle? Ya presupone que todos los partidos políticos mienten, y su único y triste consuelo es el de votar por aquel que imagina que lo hará más discretamente. –El anciano alargó la mano, paladeó muy despacio el excelente vino y por último añadió–: El problema estriba en que el ciudadano se ha convertido en el perro al que obligan a perseguir a la presa, pero que se tiene que contentar con las plumas y los despojos. –Chasqueó la lengua–. Y además se ve en la obligación de lamer la mano de su amo, sin caer en la cuenta de que el verdadero amo es él.

–A veces me asalta la sospecha de que tú lo que en verdad eres, es un simple revolucionario –musitó muy por lo bajo Julia para que una pareja que pasaba en esos momentos a su lado no pudiera escucharla–. O un anarquista.

–Nada más lejos de mi ánimo –bromeó él–. Para ser revolucionario me sobran años. Y para ser anarquista, inteligencia.

–Pues a menudo te comportas como si fueras cualquiera de las dos cosas.

–¡En absoluto! –sentenció el catedrático al tiempo que hacía un gesto al camarero de que retirara los platos ya vacíos–. Yo no soy más que un amante de la democracia que vive convencido de que esa democracia ha sido secuestrada por los políticos. A lo único que aspiro es a liberarla, y para liberarla no se me ocurre otra fórmula que proporcionarle armas con las que defenderse.

–¿Y cambiar cada cinco años el color del dinero, o exigir ante los tribunales que los programas de los partidos políticos se cumplan a rajatabla te parecen suficientes armas como para conseguir que se defienda?

–Nunca nada es suficiente –le hizo notar su interlocutor en el tono de quien trata de armarse de paciencia ante la incomprensión ajena–. Cuando se trata de algo tan sumamente importante la palabra «suficiente» carece de sentido. –Alargó la mano y acarició con afecto la de su acompañante–. Lo que en verdad importa es tener muy presente que el sistema democrático no es un ente perfecto y monolítico que no admite enmiendas. Por el contrario, aparece plagado de grietas, y nuestro deber es mejorarlo día a día. –Le guiñó nuevamente un ojo–. Tal vez, de ese modo, con paciencia e imaginación, nuestros nietos conseguirán ser gobernados tal como nosotros desearíamos haberlo sido.

–¿Tienes nietos?

El Viejo Zorro negó con tristeza.

–Hay personas que tienen treinta nietos pero ningún auténtico descendiente, y otras que sin haber conseguido engendrar hijos consideran como descendencia propia a todas las generaciones venideras.

–Eso suena bonito.

–¡Pero hueco! En lugar de tanta palabrería altisonante, lo que en verdad me gustaría es tener un nieto que me llevara al fútbol –masculló el ahora casi malhumorado anciano–. ¡Odio ir al fútbol solo! Pero dejemos eso –añadió, recuperando en el acto su afable estado de ánimo–. Tienes razón, y lo que importa es centrar la entrevista en el peligro que representa para la economía del país el exceso de dinero negro en billetes inmovilizados.

–Eso es lo que me gustaría que explicases en primer lugar –corroboró su interlocutora–. Y más adelante, si el programa tiene el eco que imagino, abundaremos en tus restantes teorías. –Alargó la mano para apretarle afectuosamente la punta de la nariz–. Pero te juro que te corto la nariz si permites que no sea yo quien te entreviste.

–Puestos a cortar, córtame otra cosa –rió el hombrecillo con manifiesta picardía–. Al menos la nariz aún me sirve para disfrutar de lo bien que hueles...

–No te hagas el tonto –fue la divertida respuesta–. Presumes mucho de edad pero tengo la impresión de que aún debes de echar alguna que otra cana al aire...

–¡Querida niña...! –sentenció el anciano muy serio–. Canas, y por desgracia al aire, es lo único que uno puede echar ya en esta vida.

Julia Andrade recordaría aquel almuerzo como uno de los más encantadores de los últimos tiempos, lejos de la amargura y la acritud de su difícil relación con Mauro, y fascinada a cada instante por las ocurrencias, a veces divertidas, a veces increíblemente serias, de un ser que parecía rebosar ternura y sabiduría por cada poro de su cuerpo.

–Quizá la base del problema –sentenció el Viejo Zorro a la hora del café–, se centre en el hecho de que en los tiempos que vivimos, todo está en venta, incluido el país. En mi juventud la gente hacía su fortuna invirtiendo dinero en fábricas, tierras, acciones o bonos del Estado, mientras que hoy las fortunas se amasan comprando «votos del Estado».

–¿«Votos del Estado»? –repitió su interlocutora creyendo haber oído mal.

–«Votos del Estado» –se reafirmó el anciano vocalizando exageradamente cada palabra–. Con tanta autonomía y tanto reparto de poder, basta con que un alcalde corrupto consiga un puñado de votos en cualquier rincón de la geografía nacional para que obtenga los «diputados» autonómicos suficientes como para desestabilizar el equilibrio de fuerzas del gobierno local, lo cual puede hacer que varíe el signo del apoyo que esa autonomía ofrece al Gobierno central. –Encendió con delectación un enorme puro canario que había elegido con sumo cuidado y que resultaba sorprendente en un hombre que por lo general nunca fumaba–. La fragilidad de los apoyos con que en la actualidad cuenta el Gobierno lo convierten en rehén de cualquier desaprensivo que haya conseguido unos cuantos votos, y eso facilita terriblemente las corruptelas.

–¿Preferías los métodos de la dictadura, cuando Franco hacía y deshacía a su capricho?

–Sólo los estúpidos imaginan que al abandonar el infierno se penetra directamente en el paraíso –fue la seca respuesta–. Moriré convencido de que la democracia es el mejor de los sistemas políticos, pero vivo convencido de que continúa siendo una tosca chapuza.

–¿No pensarás decir eso ante las cámaras? –se alarmó Julia, sabedora de los problemas que tal aseveración podría acarrear–. Nos hundiríamos.

–¡Naturalmente que no! –le tranquilizó el anciano con una amplia sonrisa–. No voy a decirlo, pero es exactamente lo que pienso.

No lo dijo, en efecto, y todas sus respuestas se ajustaron casi con matemática precisión a cuanto habían establecido de antemano, de tal forma que al finalizar la grabación, el fascinado Sebastián Centeno musitó al oído de su amiga.

–¡Esto puede ser una bomba! Pero también puede ser una bomba que te estalle en las narices.

–¿A qué te refieres? –quiso saber ella.

–A que pareces haber olvidado que éste es el tipo de cosas que hacen que nuestro amigo Fernando se cague patas abajo.

A la mañana siguiente la propia Julia se ocupó de la edición del programa, ilustrándolo y afinándolo hasta convertirlo en una joya en su género, y tras pedir que le hicieran una copia para su archivo particular, le envió otra al Gran Jefe cruzando los dedos a la espera de su inmediata reacción.

Pero dicha reacción no fue en absoluto inmediata. El en apariencia siempre eficiente Fernando Baeza aguardó tres interminables días antes de tomar una decisión, y cuando al fin mandó llamar a Julia, le indicó que tomara asiento en una de las butacas del otro lado de su enorme mesa, para observarla largo rato desde la altura de su prepotente sillón giratorio:

–¡Estás loca! –sentenció al fin escuetamente.

–¿Loca? –se asombró ella–. ¿Por qué?

–¿Cómo que por qué? –repitió el furibundo director de cadena–. ¿Cómo se te ocurre gastar tiempo, dinero y el esfuerzo de todo un equipo, para grabar semejante cúmulo de sandeces?

–¿Sandeces? ¿A qué clase de sandeces te refieres?

–A las que suelta ese viejo chiflado.

–Te recuerdo que ese «viejo chiflado» sigue estando considerado el economista más brillante del país.

–Puede que lo fuera en un tiempo –admitió el otro mientras jugueteaba displicentemente con un pesado llavero de oro macizo–. Puede que lo fuera, pero lo que está claro es que ha acabado por convertirse en un viejo delirante.

–¿Tanto sabes de economía como para juzgarlo?

–No hace falta saber mucho de economía para comprender que la idea de cambiar de improviso los billetes de un país es una memez que no se le ocurre a nadie que esté en plena posesión de sus facultades mentales.

–Pues Brasil lo hizo –recalcó Julia con marcada intención–. Y no con el fin de luchar contra el dinero negro y la corrupción, sino tan sólo por el hecho de que la inflación había alcanzado el nueve mil por cien anual.

–¡No es lo mismo!

–¡Naturalmente que no! –admitió ella–. Pero demuestra que puede hacerse, y el ministro de Hacienda autor del plan, es ahora Presidente. Mandó imprimir treinta mil millones de billetes, dio un plazo de seis meses para cambiarlos por los viejos, y lo consiguió.

–Un gasto inútil.

–Insignificante comparado con lo que se despilfarra en esta casa en un año, y con lo que se obtendría a cambio si se consiguiera hacer aflorar esa gigantesca bolsa de dinero negro.

–¿Y quién garantiza que esa bolsa existe y no se trata, en realidad, de otra chifladura de ese iluminado?

–¡Oh, vamos...! –no pudo por menos que exclamar una casi escandalizada Julia Andrade–. El propio ministro lo ha reconocido públicamente, y tú sabes bien que últimamente más de la mitad de las noticias de los telediarios se refieren a comisiones ilegales, corrupción política y dinero negro. He consultado con los compañeros del departamento de economía, y están de acuerdo en que esas cifras pueden ser incluso inferiores a la realidad.

Fernando Baeza pareció distraerse observando uno de los cinco televisores que ocupaban el fondo de la pared de su gigantesco despacho, y que permanecían siempre encendidos mostrando imágenes carentes de sonido, y por último, sin dignarse mirar directamente a su interlocutora, como si se estuviera refiriendo a un problema menor que apenas mereciera su atención, señaló en tono monocorde:

–¿Te has detenido a meditar en lo que dirían los inversionistas extranjeros cuando les hablaran de arriesgar su dinero en un país cuya moneda es tan inestable que hay que cambiarla cada cinco años?

–La moneda no cambiaría –le recordó ella–. Tan sólo cambiaría el color de los billetes, y estoy convencida de que esos inversionistas ni siquiera saben qué color tienen los billetes españoles. Lo que en verdad les preocupa (y eso lo hemos podido comprobar últimamente con la masiva retirada de capitales foráneos) es el hecho de que la corrupción política desestabiliza la economía nacional, y el exceso de dinero negro la frena.

Ahora sí que Fernando Baeza se dignó mirarla evidentemente sorprendido.

–¿Desde cuándo sabes tanto de economía? –quiso saber.

–Desde que me relaciono con alguien que considera que la economía es más una cuestión de sentido común que de enrevesados planteamientos técnicos.

–¿Algo así como «Cómo hacerse economista en quince días»? –fue la irónica pregunta.

–No –replicó ella con inusitada rapidez–. Más bien «Cómo aprender a escuchar a un economista con cincuenta años de experiencia». –Cambió el tono, que se hizo casi tan ofensivo como el de su interlocutor, al añadir–: López-Navarro fue quien nos sacó de la miseria convirtiéndonos en la sexta potencia industrial del mundo, pero ahora aquellos que nos han arruinado llevándonos hasta el puesto número veinticuatro, le desprecian, y tú, que jamás has puesto un pie en una universidad, te atreves a llamarle «viejo chiflado». ¡Vivir para ver!

Probablemente se trataba de la primera ocasión en que uno de sus subordinados se atrevía a replicarle de ese modo en su lujoso despacho de alfombras persas, y resultó evidente que el hecho descentraba al todopoderoso Fernando Baeza, que necesitó un par de minutos para reaccionar ante tan inadmisible desacato.

–¡Te la estás jugando! –musitó al fin–. Te la jugaste el otro día con lo del ministro, y vuelves a hacerlo ahora, quizá porque buscas que te despida, indemnizándote, para poder irte a una cadena privada. –Volvió a apoderarse del llavero de su lujoso Ferrari como si el dorado contacto le confiriera la seguridad en sí mismo que tanto estaba necesitando–. Pero no voy a caer en esa trampa –añadió–. Puedo relegarte a simple locutora de continuidad con sueldo base, hasta que decidas marcharte por ti misma.

–¡Escucha! –fue la pausada respuesta–. Hagas lo que hagas, sabes que tan sólo ocuparás ese sillón hasta que el Gobierno cambie, o hasta que los que ahora mandan consideren que ya no les eres útil. Ese día, ninguna cadena te aceptará, mientras que yo seguiré siendo una profesional querida y respetada cuando ya nadie se acuerde de que pasaste por aquí. –Julia se puso en pie con una serenidad que a ella misma le sorprendía, para dirigirse a la puerta con absoluta naturalidad–. No piensas emitir esa entrevista... ¡De acuerdo! Admito que existen «billones de razones» para que no la emitas, y no me extrañaría que tú, particularmente, tuvieras algunas.

Salió cerrando a sus espaldas sin aguardar respuesta, y tan sólo entonces advirtió que le temblaban las piernas por lo que tuvo que buscar apoyo en la pared en un desesperado intento por calmarse y continuar dignamente su camino.

–¿Te ocurre algo? –inquirió solícita una amable secretaria.

–Que tu jefe me revuelve las tripas –refunfuñó malhumorada.

–Ya somos dos.

Caía la tarde y tras pensárselo mucho optó por encaminarse a casa de Guillermo López-Navarro, pero la gigantesca ama de llaves le comunicó que «el profesor» estaba dando su diario paseo hasta la universidad, indicándole la ruta que solía seguir, y el punto aproximado en que podría encontrarle a aquellas horas.

Fue en su busca, abochornada por la idea de que se vería obligada a confesar que le había estado molestando en vano y, tal como él mismo predijera, todos sus esfuerzos de aquellos días habían resultado inútiles. Cuando al fin lo descubrió sentado en un banco del Parque del Oeste, contemplando absorto cómo el sol comenzaba a ocultarse tras la sierra, a punto estuvo de girar sobre sí misma y cargar sola con la amarga frustración de ver cómo sus ilusiones se desvanecían en el aire.

Se encontraba así, muy quieta e indecisa, en el momento en que el anciano pareció presentir su presencia, puesto que, volviéndose apenas, se la quedó mirando y resultó evidente que no necesitó preguntar qué hacía allí, dado que su expresión resultaba más elocuente que todas las palabras de este mundo.

Se aproximó hasta tomar asiento junto a él, que se limitó a golpearle afectuosamente la mano en un vano intento por consolarla.

–¡Te lo advertí! –musitó con dulzura–. Y no debes entristecerte. Al fin y al cabo tan sólo eran palabras.

–Eran ideas –le contradijo–. Hermosas ideas.

–Ideas locas, pequeña –señaló él sonriente–. Locas ideas irrealizables en un mundo que está aún más loco pero que se niega a reconocerlo.

–Nadie sabe adónde va, pero tampoco nadie desea que le señalen el camino.

El Viejo Zorro la observó con cierta sorpresa, para acabar por sonreír tan sólo con sus azules y clarísimos ojos.

–Tal vez se deba a que prefieren perderse sin ayuda. Siempre parecen mejores los errores propios que los aciertos ajenos, y en definitiva yo no soy quién para aconsejar qué rumbo se debe seguir. –Hizo un amplio gesto a su alrededor–. Si lo fuera, probablemente no estaría ahora aquí, contemplando la puesta de sol como un inútil vagabundo.

–¿Y qué vamos a hacer ahora?

Se diría que la pregunta desconcertaba realmente a su interlocutor, que la observó como si tratara de leer en el fondo de su mente.

–¿Y qué pretendes que hagamos? –musitó al fin–. Nada.

–¿Nada? –se horrorizó ella–. ¿Todo esto para nada?

–Todo esto para algo –le hizo notar él apretándole con afecto la mano–. Todo esto me ha servido para conocerte, y te aseguro que por mi parte me siento más que recompensado. Ningún reconocimiento público, ni tan siquiera el hecho de saber que mis teorías se llevan a cabo, podría compararse a la satisfacción de haber visto cómo brillaban de entusiasmo tus ojos cuando te las exponía.

–¡Pero es que yo pretendo que otros muchos se entusiasmen de igual modo!

–¿Para qué? –quiso saber el hombrecillo de los ojos de agua–. ¿Para que acaben desilusionándose también? –Negó convencido–. No vale la pena, pequeña. Sería como prometerle a un niño un juguete que sabes que nunca podrás regalarle.

–Me niego a aceptarlo.

–Suerte la tuya, que aún estás en edad de negarte a aceptar la inutilidad de los sueños –fue la cansina respuesta–. Cuando se llega a la mía se sabe a ciencia cierta que el día que no despertemos de esos sueños, será porque ya no vamos a despertar. –Guillermo López-Navarro se encogió de hombros con gesto fatalista–. La vida es un continuo despertar aun cuando ni siquiera estemos dormidos.

–¡Pero existen otras cadenas de televisión! ¡Y periódicos!

–¡Te equivocas! –fue la segura respuesta del Viejo Zorro–. El que tengan nombres diferentes y las dirijan personas diferentes no significa que sean diferentes. Todo el que invierte dinero en medios de comunicación persigue unos determinados intereses, y mis teorías siempre chocarán contra ellos.

–No todo el mundo oculta dinero negro.

–No, en efecto. No todo el mundo lo oculta, pero casi todos desearían poder ocultarlo. Y lo que importa no es que tratemos de luchar contra billetes guardados bajo un ladrillo, sino que en realidad intentamos enfrentarnos al sistema que permite guardarlos.

–¿Estamos luchando entonces contra molinos de viento?

–Lo malo, querida mía, es que ni siquiera sabemos si son molinos o auténticos gigantes –puntualizó el hombrecillo con su infantil picardía de siempre–. A menudo, cuando me siento en este banco a observar cómo se pone el sol tras las montañas, yo mismo me planteo si todo cuanto imagino no son en realidad más que estúpidas fantasías de un viejo al que se le han aflojado los tornillos, y te aseguro que la mayoría de las veces no encuentro una respuesta que me convenza.

–Yo creo en ellas. Y estoy segura de que otros muchos creerán también en cuanto se las exponga.

–¿Y acaso ese simple hecho las convierte en válidas? –inquirió el otro en un tono casi agresivo–. Hay quien cree a pie juntillas en los extraterrestres, pero yo no aceptaría que existen aunque entre esos árboles se posara un platillo volante.

–¿Por qué te esfuerzas en desconcertarme cuando más necesito confiar en ti? –quiso saber la locutora visiblemente molesta.

–Porque lo único que pretendo es que continúes con tu vida de siempre como si nunca nos hubiéramos conocido.

–No me gusta mi vida de siempre –le hizo notar ella–. Y conocerte es lo mejor que me ha ocurrido en años.

Guillermo López-Navarro tardó largo rato en responder, como si en verdad necesitara de todo ese tiempo para disfrutar en silencio de algo que sin duda le llenaba de orgullo.

Por último, y tras lanzar un hondo suspiro que podría interpretarse de muchas formas, señaló:

–He dedicado años de trabajo a reunir material sobre corrupción y dinero negro, tratando de encontrar la forma de erradicar tales lacras, pero te garantizo que jamás pude imaginar que el premio a mi esfuerzo pudiera llegar a ser tan gratificante. A lo más que aspiraba era a que algún colega compartiese mis ideas, o algún político con ansias de cambio se arriesgase a ponerlas en práctica. –Le besó la mano con afecto–. Pero esto –añadió–. Esto es demasiado. Y ahora dejemos el tema –dijo poniéndose en pie–. ¡Vamos! Te invito a una copa.

Se alejaron paseando muy despacio, lo que obligaba a quienes se cruzaban en su camino a volverse, tanto por el hecho de reconocer a la popular locutora, como por el desconcierto que les producía contemplar a dos personas tan desparejadas cogidas de la mano, y cuando ya casi al oscurecer tomaron asiento en una terraza de Moncloa y pidieron dos cervezas y unas aceitunas, el embobado camarero pareció no querer dar crédito a sus ojos.

–¿De qué marca? –inquirió al fin, más por tener una disculpa para observarlos más tiempo que por auténtico interés en mostrarse servicial.

–Cualquiera menos Guinness –se apresuró a replicar el Viejo Zorro en un tono casi agresivo.

–¿Y eso? –quiso saber su acompañante cuando el aún perplejo mozo se alejaba.

–Odio esa marca.

–A mí todas me parecen iguales.

–A mí también. Pero ocurre que la Guinness es la que patrocina el dichoso *Libro de los récords*.

–Nunca dejarás de sorprenderme –fue el sincero comentario–. ¿Qué tienes contra ese libro?

–¿Quieres que te enseñe la lista de cuántos han muerto o han quedado lisiados por la estúpida manía de entrar a formar parte de ese jodido libro? Me he entretenido en contarlos. Existen los que se han estrellado al intentar saltar sobre no sé cuántos automóviles con una moto; los que se han destrozado al lanzarse desde un puente cada vez más alto; los que se han ahogado por tratar de llegar a una profundidad absurda, y los que han desaparecido en el fondo de la tierra por alcanzar el final de la cueva más larga. La mayoría de esas páginas están impresas con dolor y sangre. –Hizo una pausa–. O con la estupidez de quienes pretenden cocinar una paella más grande, reunir más corredores en una maratón, o apretujar a más gente en un coche diminuto. –Aguardó a que el camarero colocase ante ellos las cervezas, y cuando se encontraban de nuevo a solas, añadió–: Ese puto libro se alimenta de explotar la más denigrante de las pasiones humanas: la insana necesidad de considerarse superior a los demás, sea lo que sea aquello en que nos sintamos superiores.

–No se me había ocurrido verlo de ese modo...

–Será porque jamás te entretuviste en analizar las declaraciones de aquel asesino inglés que confesó que degollaba a sus víctimas porque aspiraba a que le incluyeran en el *Libro de los récords*. Deberían prohibirlo.

–Tal vez bastaría con que lo dejaran reducido a cuestiones que no impliquen peligro de confrontación, como cuál es el animal más rápido, o el hombre más viejo. A viejo llegas o no llegas.

–«Y el no llegar da dolor porque indica que mal tasas y de otro vienes deudor…»

Julia no pudo evitar lanzar una divertida carcajada al añadir:

–«¡Pero ay de ti si te pasas! ¡Si te pasas, es peor!»

Ahora fue el anciano el que rió abiertamente al inquirir:

–¿No me digas que te conoces *La venganza de Don Mendo*?

–Es mi libro de cabecera. Me sé de memoria muchos pasajes, mi padre es capaz de recitarlo de la primera a la última línea, y ha visto la película de Fernán-Gómez más de cuarenta veces.

–¿A qué se dedica tu padre?

–Adiestra caballos de paso y rejoneo. Tiene una finca a unos cincuenta kilómetros de Córdoba.

–¿Lo ves a menudo?

–Menos de lo que yo quisiera –admitió ella–. No le gustan las ciudades y yo no puedo ir a casa demasiado a menudo.

–¿Qué edad tiene?

–Sesenta y siete o sesenta y ocho… No estoy muy segura.

La sencilla respuesta pareció sumir no obstante a Guillermo López-Navarro en una compleja reflexión, puesto que de improviso pareció volver como por ensalmo a la realidad, y tras dirigir una escrutadora mirada a su acompañante inquirió de improviso:

–¿Qué hacemos aquí?

–Charlar.

–¡Estúpido de mí! –exclamó–. ¿Qué otra cosa podríamos hacer más que charlar...? –Se inclinó levemente hacia adelante–. ¡Háblame de ti! –pidió–. De tu trabajo, de tu marido, de tus amigos...

La petición pareció tener la virtud de desasosegar a Julia, que rebuscó en su bolso hasta encontrar un cigarrillo que encendió permitiendo que la larga llama del mechero ardiera mucho más tiempo del necesario antes de señalar con manifiesta amargura:

–Estoy en un momento de mi vida en que el trabajo que más me gustaba, me asquea, el hombre del que siempre estuve enamorada, me repugna, y los amigos con los que más a gusto me sentía, me aburren. –Le miró valientemente a los ojos al concluir–: Sólo me siento bien a tu lado.

El Viejo Zorro no fue capaz de responder, tal vez porque por primera vez en mucho tiempo se había quedado sin palabras, por lo que permaneció largo rato observando aquel hermoso rostro que siempre había admirado al otro lado de una pantalla de televisión antes de lanzar un profundo suspiro de resignación.

–¡Lástima! –musitó muy quedamente.

–¿Por qué?

–Porque he tenido que esperar demasiados años para recibir un premio que a estas alturas se convierte más bien en castigo –replicó–. Soñar durante tanto tiempo con una mujer como tú, para encontrarla cuando sabes que es demasiado tarde, resulta mucho más doloroso que mantener ese sueño hasta la tumba.

–Pero aun así, estoy aquí.

–Sí –admitió el otro–. ¡Estás aquí! Sentada al otro lado de una mesa. Y eso es lo malo.

–A mí me basta.

–A mí también.

–¿Cuál es entonces el problema? –quiso saber Julia.

–Saber hasta cuándo bastará.

La locutora sonrió de un modo extraño, como si lo estuviera haciendo para sus adentros, o evocara algo que tan sólo ella podía saber, y por último, señaló desenfadadamente:

–¡Escucha! Yo sé muy bien lo que me dura un orgasmo. No suele pasar de un minuto… ¡un par de ellos en casos de auténtica locura! Y también sé que, demasiado a menudo, al acabar, lo único que me apetece es dar media vuelta y echarme a dormir. –Alargó la mano y tomó nuevamente la de él que descansaba sobre la mesa–. Pero he descubierto que a tu lado se me pasan las horas sin que jamás dejes de maravillarme, y hasta el presente no he sentido la menor tentación de dar media vuelta y echarme a dormir.

–¿Y hasta cuándo será así?

–Eso tan sólo depende de ti –rió ella con coquetería–. Y no creo que a ninguna mujer se le ocurra preguntarle al hombre que acaba de conocer cuántas veces piensa hacerle el amor a lo largo de su vida.

–¿O sea que lo único que me pides es que continúe asombrándote?

–¡Exactamente! –le observó de reojo, cómicamente retadora–. ¿Serás capaz de conseguirlo?

–Lo preguntas como la muchachita que pretende saber si a su amante le quedan fuerzas.

–Más o menos –bromeó ella.

El Viejo Zorro agitó una y otra vez la cabeza, y se diría que buscaba en su mente algún relato prodigioso con que satisfacer la ansiedad de su interlocutora, que le observaba como si en verdad dudase de su capacidad de extraer un nuevo conejo de su manoseada chistera.

–¡Está bien! –dijo al fin–. Te voy a contar un proyecto que no pensaba compartir con nadie, pero que si te sientes con fuerzas para convertir en realidad, te puede hacer muy rica.

–Ser muy rica no es una de mis máximas ambiciones, pero no estaría del todo mal –fue la humorística respuesta–. ¿De qué se trata?

–¿Guardarías el secreto?

Ella alzó cómicamente la mano.

–¡Lo juro!

–De acuerdo –continuó el anciano–. Se trata de un sistema que he desarrollado para paliar los problemas de la sequía.

Julia Andrade le observó con especial detenimiento y llegó a la conclusión de que sus ojos azules carecían en esta ocasión de la traviesa lucecilla de otras veces, por lo que advirtió que una extraña sensación de inquietud se apoderaba de su ánimo, en cierto modo semejante a la que podría haber experimentado si unos labios muy expertos acabaran de besarle en el cuello.

–No juegues conmigo –suplicó.

–El juego suele ser el comienzo de una relación más seria –puntualizó su interlocutor–. Pero en esta ocasión no juego, puesto que hace años que me preocupa el problema de las terribles sequías que padecemos. –Hizo una nueva pausa–. ¿Qué sabes de ellas?

–¿De las sequías...? Lo que todo el mundo –fue la espontánea respuesta–. Me he pasado media vida dando noticias sobre sus estragos. Hay años en que sufrimos terribles riadas, y otros en los que ignoro por qué razón no llueve y en ese caso las cosechas se pierden y las ciudades sufren brutales restricciones.

–¿Y no se te antoja absurdo que eso ocurra en un país como el nuestro que se encuentra casi totalmente rodeado de mar?

–¿Qué tiene que ver el mar?

–Que en el mar hay agua, y hoy en día existen plantas desalinizadoras capaces de convertir agua de mar en agua dulce de una calidad inmejorable.

–He oído hablar de ellas, pero creo que cuestan muy caras.

–Unos mil quinientos millones de pesetas por cada diez mil metros cúbicos de agua que pueda producir diariamente –admitió él–. Muy poco en comparación con las pérdidas de unos árboles frutales que tardarán diez años en volver a crecer, o los problemas que acarrea la falta de agua en las ciudades. Pero en lugares que estaban considerados auténticos desiertos como las islas de Lanzarote o Aruba se han construido plantas desalinizadoras y nunca han vuelto a tener problemas.

–¿Tu plan consiste en proponer que se construyan plantas desalinizadoras a todo lo largo de la costa?

–No. En absoluto –negó con firmeza el Viejo Zorro–. Reconozco que eso resultaría ruinoso, sobre todo teniendo en cuenta que la mayoría de ellas pasarían grandes temporadas inactivas. –Abrió las manos en un ademán que pretendía ser explicativo–. Si no es año de sequía, una desalinizadora y todo su personal constituyen un terrible gasto, y nuestra economía no podría permitirse el lujo de alzar cien o doscientas de esas grandes «fábricas de agua» que no trabajasen a pleno rendimiento.

–¿Entonces?

Él le guiñó un ojo al inquirir:

–Entonces ¿qué?

–¡Oh, vete al infierno! –protestó ella–. Me tienes sobre ascuas.

–¡De eso se trata...! –Ahora sí que Guillermo López-Navarro parecía más que nunca un chiquillo travieso–. De tener a tu pareja sobre ascuas el mayor tiempo posible.

–¡Ya lo has conseguido! ¡Continúa!

–De acuerdo. ¡Veamos...! Lo que está claro es que la sequía no siempre perjudica por igual a todas las regiones, ¿no es cierto?

–Si tú lo dices...

–Son las estadísticas las que lo dicen. El año pasado se perdió la cosecha de frutas murciana y Mallorca estuvo a punto de importar agua del Ebro en aljibes. Andalucía casi siempre se muere de sed, y recuerdo una época en que incluso Galicia lo pasó muy mal, mientras los incendios forestales de Cataluña suelen deberse a lo reseco que está el ambiente en verano. En esos momentos, esas regiones necesitarían más que nada en este mundo una planta desalinizadora capaz de proporcionarles agua aunque le costase tres veces más que el normal, porque de ello depende en gran parte su supervivencia. –La miró de frente–. ¿Estás de acuerdo?

–¡Totalmente de acuerdo! –se impacientó Julia–. Pero no veo adónde quieres llegar, si acabas de reconocer que no pueden tenerlas en reserva por su desorbitado coste.

–Y sigo pensándolo. No las pueden tener en reserva –añadió con intención–. Pero sí podrían conseguirlas en cuanto las necesitasen.

–¡Pero vamos! –se escandalizó la decepcionada locutora–. ¿Acaso pretendes construirles una planta desalinizadora en un santiamén? ¿Tienes una idea de lo complicado que debe resultar eso?

–La tengo –reconoció el anciano con tranquilidad–. Una gran desalinizadora capaz de producir sesenta mil metros cúbicos de agua diarios, lo que basta y sobra para abastecer a una capital de provincias, viene a costar poco más de ocho mil millones de pesetas, pero tarda en ponerse en marcha un mínimo de dos años. ¡Demasiado tiempo para un caso de emergencia! –concluyó con una leve sonrisa burlona.

–¡Acabarás por volverme loca! –se lamentó ella–. ¿Qué andas buscando?

–Intrigarte. Despertar tu curiosidad es como despertar tu deseo, y eso es lo que al parecer buscas.

–Ya lo has conseguido. ¿Qué más?

–¡No te precipites! El «orgasmo» es tanto más profundo cuanto más contenido. –Alargó la mano y le apretó con afecto el lóbulo de la oreja–. ¿Ni siquiera se te pasa por la mente la solución? –quiso saber.

–No tengo la menor idea –confesó su acompañante realmente vencida.

–¡Piensa!

–Se me secará el cerebro. ¡Acaba de una vez, por favor!

–¡De acuerdo! –el anciano aún hizo una última pausa–. Pero antes dime: ¿qué se necesita para desalinizar agua de mar?

–¡Supongo que ante todo un mar! –fue la malhumorada respuesta.

–¡Sobresaliente en ciencias! –rió el malicioso Viejo Zorro–. Y ¿qué suele haber en el mar, además de agua?

–Peces.

–Aprobado, pero los peces no nos sirven para nada en este caso. ¿Qué hay además de agua y de peces?

Julia Andrade parecía cada vez más confusa por el extraño juego a que estaba siendo sometida, y se sentía como una niña a la que la estuvieran sometiendo a un difícil examen en el que no fuera capaz de encontrar las respuestas. Meditó unos instantes, dudó, y por último señaló casi temerosa:

–Agua... peces... islas... barcos...

–¡Exacto, pequeña! ¡Barcos! –Ahora sí que le tiró con afecto de la oreja como si se sintiera orgulloso de lo lista que había sido–. ¡Barcos! ¡Ésa es la solución!

Construir desalinizadoras en barcos que estén siempre dispuestos a acudir allí donde se necesite agua. En menos de cuarenta y ocho horas un barco puede plantarse frente a cualquier punto de la costa española y comenzar a lanzar a tierra miles de metros cúbicos de agua potable, bien conectándose a la red eléctrica local, o bien produciendo su propia energía mediante un generador. –Abrió de nuevo las manos, esta vez en señal de triunfo–. ¡Eso significaría el fin de las sequías, y aunque el agua desalinizada suele costar casi tres veces más que la de trasvase, resulta evidente que para casos de emergencia viene a ser un precio bastante razonable!

–¡Dios bendito!

–¡Bendito sea Dios!

–¿Y puede hacerse?

–¡Naturalmente!

–¿Estás seguro de que se puede construir una de esas plantas desalinizadoras en un barco?

–De todas las clases y todos los tamaños. Desde cinco mil a setenta mil metros cúbicos diarios. A más barco, más agua, y si se utilizara el casco de uno de esos enormes transatlánticos ya en desuso, podría abastecerse a toda una provincia a condición de que tuviera la infraestructura necesaria para recibir tan gigantesco caudal de improviso.

–¡Pero eso es inaudito!

El Viejo Zorro lanzó un corta carcajada.

–¿Como un orgasmo de tres minutos? –quiso saber.

–Mejor aún, puesto que es un orgasmo con el que podré recrearme durante mucho tiempo. –Julia lanzó un profundo resoplido como si quisiera soltar de golpe la tensión que llevaba dentro, encendió un nuevo cigarrillo y adelantó la mano con la palma abierta, como pidiendo tiempo muerto–. ¡Déjame pensar! –suplicó–. No es algo que se pueda digerir así sin más.

–Lo es porque se trata de una sencilla solución que tan sólo exige sentido común al aplicar aquello de lo que disponemos a aquello que necesitamos. Si disponemos del mar y de la técnica, lo lógico sería poner ambas cosas al servicio de nuestras exigencias. Tendríamos que construir cuatro o cinco barcos desalinizadores de distintos tamaños para cubrir diferentes necesidades, y dotar de una cierta infraestructura los puntos conflictivos para cuando tuviesen que repartir a través de su red de distribución el agua que les llegase del mar. Con eso bastaría.

–¿Y cómo es que no se le ha ocurrido antes a nadie?

–Debe de ser porque el ser humano se ciega a menudo con lo que tiene ante los ojos. Se da por supuesto que una planta desalinizadora tiene que estar necesariamente «junto al mar», pero no «en el mar».

–¿Con quién has hablado de esto?

–Con nadie.

–Pero ¿por qué? –se escandalizó la locutora–. ¡Es una idea que puede contribuir a mejorar la vida de millones de personas! Piensa en los turistas que en Mallorca tuvieron que lavarse los dientes con agua salobre y que tal vez por eso mismo no vuelvan nunca, o en los campesinos que vieron cómo se perdía su trabajo de toda una vida. ¿Es que no te das cuenta?

–¡Naturalmente que me doy cuenta! –puntualizó el anciano más serio que de costumbre–. ¿Pero qué pretendes que haga? ¿Pedir créditos multimillonarios, o dedicarme a recorrer ministerios en busca de apoyo para llevar adelante mi proyecto?

–¿Y por qué no?

–Porque desde que acabó la conquista de América los españoles no han vuelto a creer en proyectos, querida mía. Pagaríamos millones si mañana apareciesen ante nuestras costas unos barcos que consiguiesen el milagro de convertir el agua de mar en agua dulce, pero tendrían que ser barcos con bandera japonesa, inglesa o alemana –sonrió con tristeza–. Nunca española, porque por desgracia somos un pueblo al que hace tiempo le hicieron perder la fe en sí mismo, y en sus posibilidades. Para los «irónicos escépticos», que son por desgracia, la especie de retrasado mental que más abunda entre nosotros, lo que yo propongo no sería más que un «Invento del T.B.O.», ya que si resultara factible, se le tendría que haber ocurrido a un alemán o un inglés –se encogió de hombros como queriendo mostrar su indiferencia–. Pero ninguno de ellos se detiene a pensar que si no se les ha ocurrido a ingleses o alemanes, es porque el problema de la sequía apenas les afecta, y que por una vez deberíamos ser nosotros los que intentásemos solucionar nuestros problemas sin confiar en la ayuda de la Comunidad Económica Europea.

–Pero alguien habrá que lo comprenda.

–Sin duda –admitió el hombrecillo–. Pero no entre los que podrían solucionarlo. El presidente está demasiado ocupado tratando de encubrir escándalos de corrupción como para perder su tiempo en mitigar la sed de los andaluces o salvar los frutales valencianos, y si le recuerdan que hay problemas de agua se limita a ordenarle a un ministro que haga lo que hacen en los demás países; es decir, construir enormes pantanos y realizar faraónicas obras de trasvase, sin detenerse a meditar en el hecho de que si no llueve no hay agua que embalsar, ni mucho menos, trasvasar.

–¡Algún día lloverá! –le hizo notar ella.

–Cada vez menos, pequeña –fue la segura respuesta–. Los últimos estudios demuestran que se está produciendo un cambio climático irreversible por el que España se desertiza con notable rapidez. Las temperaturas serán más altas y lloverá menos al sur de los Pirineos con lo que dependeremos cada vez más de la importación de alimentos de más allá de las fronteras. El precio de las patatas, el aceite y las verduras se disparará y apenas podremos lavarnos, pero al gobierno le seguirá importando mucho más el apoyo de los nacionalistas catalanes para conseguir mantenerse aferrados al poder, que lo que le ocurra a una agricultura, una ganadería o un turismo, que dependen vitalmente del agua. Somos así, así hemos sido siempre, y así seguiremos siendo pese a quien pese.

–Yo aún quiero confiar en mi gente –protestó Julia levemente molesta–. Alguna forma habrá de convencerles de que éste es un proyecto que se debe llevar a cabo.

–Hay una forma –reconoció el Viejo Zorro–. Sube a esa caterva de «irónicos escépticos» a un barco moderno, deja que consuman todo el agua que quieran, y luego demuéstrales que la mayor parte de esa agua la ha «desalinizado» el barco por sus propios medios –abrió las manos con un ademán que pretendía dar a entender que todo estaba dicho–. Si un barco puede producir agua para su consumo interno, ¿por qué no va a poder producirla para el consumo externo si está concebido especialmente para ello? Cualquier estúpido lo entendería, pero aun así puedes tener por seguro que la mayoría de los españoles seguirán pensando que no es una solución factible puesto que se le ocurrió a un español, y optarán por continuar sentados ante un televisor viendo cómo los pedantes de siempre hablan de las tonterías de siempre, y los políticos de siempre insultan a sus enemigos de siempre –se diría que de improviso se sentía sumamente fatigado–. Por desgracia conozco a mis conciudadanos, y me consta que preferirán ponerse a discutir, que intentar hacer algo por evitar morirse de sed –se puso en pie dando por concluida la charla–. Y contra eso, querida, es contra lo que no estoy dispuesto a luchar.

–Mauro ha llamado. Vuelve mañana.

–¡Mierda!

–¿Qué piensas hacer?

Julia observó a Andrea, que parecía haber envejecido diez años en tres días, y cuyos enrojecidos ojos delataban que había estado llorando aunque se esforzara en ocultarlo.

–¡Largarme! –señaló con naturalidad–. Lo último que deseo en estos momentos es verle.

–¿Y adónde piensas ir?

–Si por mí fuera, me pasaría el fin de semana con Guillermo, pero no me atrevo a pedírselo. –Meditó unos instantes y al fin pareció tomar una repentina decisión–. Hace tiempo que no veo a mis padres, y ésta se me antoja una magnífica ocasión. –La miró a los ojos–. ¿Quieres venir?

La muchacha pareció gratamente sorprendida.

–Nunca me habías invitado.

–Es que antes eras mi amante –fue la rápida respuesta–. Ahora sólo eres una buena amiga. –Sonrió al añadir–: ¿Sabes montar a caballo?

–Un poco. ¿De verdad quieres que vaya?

–Me encantaría. Y a ellos también. Si saliéramos

ahora estaríamos en casa mañana temprano, y les daríamos una sorpresa.

Andrea Ferreira se puso en pie de un salto.

–¿Pues a qué estamos esperando? –quiso saber.

Una hora más tarde enfilaban sin prisas la autopista de Andalucía, y Andrea pudo advertir que Julia conducía relajadamente y con una sonrisa en los labios, como si el hecho de encaminarse al lugar en que había nacido y se había criado le devolviera de improviso una paz de espíritu que parecía haber perdido en los últimos tiempos.

También ella se sentía a gusto y en paz consigo misma, con una sensación comparable a la que debería experimentar un viejo soldado al comprender que al fin la larga guerra había terminado y nunca más tendría que arriesgar la vida en las trincheras.

Y es que era consciente de que su retorcida relación con Mauro Ortega se había parecido más a una contienda que a una simple pasión amorosa, puesto que no había existido un solo día de aquella tormentosa convivencia en que no se viera sometida a algún tipo de presión por parte de un hombre que había sabido ingeniárselas para alimentar a todas horas una enfermiza conjunción de amor, odio, repulsión y deseo, administrando con admirable sabiduría las dosis exactas, que mantenían viva, aunque agonizante, una situación que por lógica jamás debió existir.

Pero de igual modo estaba convencida de que en esta ocasión a Mauro se le había ido la mano, el equilibrio se había roto, y con él se habían roto también los hilos con que manejaba unas marionetas que a partir de aquel momento se esforzarían por encontrar la forma de mantenerse en pie por sus propios medios.

–Pareces distinta –musitó Andrea al cabo de un largo rato sin dejar de observar la sorprendente sonrisa que se dibujaba apenas en los labios de su amiga–. Se diría que ese Viejo Zorro te ha hechizado.

–Y es muy probable –fue la honrada respuesta–. ¿Quieres que te confiese algo curioso? Ahora estoy segura de que no me enamoré de Mauro porque fuera joven y guapo, o porque tuviera éxito. Me enamoré porque supo fascinarme contándome cosas que en aquel momento me deslumbraron. –Se interrumpió para concentrarse en acelerar con el fin de adelantar a un enorme camión–. Aunque con el tiempo he descubierto que no eran más que sandeces y lugares comunes que tan sólo podían embaucar a una pobre muchachita provinciana –concluyó.

–Siempre tuvo mucha labia –admitió Andrea–. Mucho más que cualquier otra cosa. –La observó con fijeza–. ¿Y no corres el riesgo de que te estés dejando embaucar de nuevo?

–Ya no soy ninguna muchachita provinciana –fue la inmediata respuesta–. Ahora soy una experimentada periodista que ha entrevistado a demasiados políticos y que por lo tanto está capacitada para admitir que ese Viejo Zorro es un zorro auténtico. –Le dirigió una corta mirada de reojo sin perder de vista la carretera–. Aunque en realidad no es un zorro –puntualizó–. Es un sabio.

–¿Estás segura?

–Completamente. Posee esa serena sabiduría de los ancianos que acostumbraban a analizar el mundo, y que en cierto modo han perdido, aunque tal vez seamos nosotros los que hemos perdido la costumbre de tenerlos en cuenta. Entre los pueblos primitivos aún existen consejos de ancianos cuyas opiniones rigen la vida de la comunidad. –Hizo un leve gesto con la mano hacia la guantera–. Enciéndeme un cigarrillo –suplicó–. Pero a la mayoría de nuestros ancianos la rapidez con que cambian las cosas les ha dejado fuera de juego. No han tenido tiempo de asimilar tanto conocimiento y les desconcierta descubrir que un niño de seis años maneja con soltura un ordenador personal que a ellos se les antoja un trasto diabólico. Quizá por ello se sienten marginados. Se limitan a morirse sin acabar de entender qué es lo que ocurre alrededor de ellos.

–Nunca te había oído expresarte de ese modo –le hizo notar Andrea al tiempo que le alargaba el cigarrillo que le había pedido–. ¿También se lo debes a Guillermo?

–No. Esto último es cosa mía –admitió Julia con naturalidad–. Pero lo es porque he descubierto que, pese a su edad, Guillermo sigue siendo capaz de sacar conclusiones. Aparte de que el vértigo de los tiempos no le afecta, y el ansia de triunfo no le ciega.

–Me gustaría conocerle.

–¡Olvídalo...! A éste no pienso compartirlo.

Cenaron y durmieron en un tranquilo hostal de carretera puesto que Julia no deseaba alarmar a su familia llegando a altas horas de la noche, para continuar el viaje casi de amanecida y alcanzar los linderos de la enorme finca en el momento en que los caballos comenzaban a retirarse a las cuadras. Andrea Ferreira, que había perdido a sus padres siendo muy joven, no pudo por menos que sentir una oscura envidia al advertir la alegría que estallaba en el inmenso caserón a partir del momento que alguien se asomó a una ventana para comenzar a gritar enloquecidamente que la Niña acababa de llegar.

Podría decirse que hasta los caballos relinchaban de entusiasmo, y mientras su madre y sus hermanos la rodeaban, su padre se mantuvo muy quieto, observando a la recién llegada como si le costara admitir que había engendrado a la maravillosa mujer que acudía a su encuentro tendiéndole los brazos, como si apretarse contra él fuese lo más hermoso a que se pudiese aspirar en esta vida.

El almuerzo constituyó una auténtica fiesta, y ya a los postres Andrea Ferreira abrigaba la sorprendente sensación de que había pasado años de su vida en aquel lugar.

Era como reencontrarse con un mundo del que no tenía más referencia que a través de las novelas, puesto que la alegre y alborotada familia parecía constituir uno de aquellos antiguos clanes en los que las relaciones se regían sobre la base de un benevolente patriarcado, centralizado en este caso en la maciza y férrea figura de don Gonzalo Andrade Buenaventura.

El resto del abigarrado grupo lo componían su siempre atareada esposa Soledad, tres gigantescos mozarrones, tres robustas nueras, y siete mocosos de entre uno y diez años, de los que podría decirse que habían nacido sobre la grupa de un caballo y les corría por las venas un alto tanto por ciento de sangre equina.

–Aquí es donde en realidad me encuentro más a gusto –señaló la sonriente Julia mientras le mostraba las cuadras a su amiga–. Aquí nací, aquí me crié, y éste es el olor que echo de menos a todas horas. –Agitó la cabeza como si ella misma dudara de su integridad mental–. Aún me pregunto por qué diablos me marché, si nada de lo que podría encontrar fuera me compensaría por cuanto dejaba atrás.

–Eso no podías saberlo de antemano. Y la verdad es que es mucho lo que has «encontrado» fuera. Eres una de las mujeres más famosas y respetadas del país.

Julia, que rascaba la testuz de una yegua torda como si aquel contacto le trajera inolvidables recuerdos, alzó el rostro y la observó con sorna.

–¿Respetada por quién? –inquirió con marcada intención–. Sabes muy bien que no puedo respetarme a mí misma, y al fin y al cabo ése es, a la larga, el único respeto que en verdad importa.

Esa noche y cuando ya la alborotada tropa de chiquillos había sido acostada, Julia rogó al resto de la familia que le diera su opinión sobre la entrevista que había grabado a Guillermo López-Navarro, y cuya copia había llevado consigo.

Todos, incluida Andrea, permanecieron atentos y en silencio, y todos, incluida Andrea, estuvieron de acuerdo en que si el simple hecho de cambiar el color del dinero constituía una forma eficaz de combatir la corrupción, habría que cambiarlo.

Pero la opinión que en realidad importaba a Julia era la de su padre, por lo que a la mañana siguiente se levantó al amanecer para ir a buscarle a donde entrenaba a los animales invitándole a dar un paseo hasta la cima del otero, tal como solían hacer casi a diario años atrás.

–No sé qué decirte –señaló don Gonzalo mientras los caballos avanzaban muy despacio por el ancho sendero que serpenteaba entre olivos centenarios–. Jamás he entendido gran cosa de economía, y aun cuando al escucharle se llega a la conclusión de que cuanto dice parece sensato, no soy quien para determinar si se trata o no de fórmulas que presenten más ventajas que inconvenientes. El mundo de las altas finanzas siempre ha sido un misterio para mí.

–Guillermo asegura que la diferencia entre las altas finanzas y las pequeñas finanzas sólo estriba en el número de ceros de las cifras –señaló su hija–. En el fondo es una simple cuestión de sentido común.

–¡Vamos de culo entonces! –fue la rápida respuesta–. En este país el sentido común siempre ha sido el menos común de los sentidos. ¡Mira alrededor! Estos campos necesitan mano de obra, pero cuando la llamo nadie acude. Media Andalucía está en paro, pero los braceros sólo trabajan lo justo para cumplir las peonadas que les exige el subsidio de desempleo. Luego, con cuatro o cinco miembros de la familia cobrando esa miseria, malviven sin dar golpe. –Palmeó repetidamente el cuello de su montura como animándola para que continuara la marcha–. ¿Qué se puede hacer en un país en que te fríen a impuestos por trabajar, al tiempo que están premiando a quienes no lo hacen? ¡Algo falla! –masculló malhumorado–. Algo falla en sus raíces, y los que vivimos del campo sabemos muy bien que cuando una planta no tiene bien asentadas las raíces jamás dará buenos frutos.

–Sin embargo, que yo recuerde, a ti siempre te atrajeron los planteamientos «progresistas».

–¡Desde luego! –admitió el hombretón–. Nunca he negado que en un principio estaba convencido de que, tras tantos años de dictadura, estas pobres gentes merecían un trato mejor que el que han estado recibiendo a lo largo de siglos de explotación, pero el resultado no ha sido el apetecido. En el fondo los políticos no buscan más que sus votos a la hora de las elecciones, y para conseguirlos no son capaces de proporcionarles riqueza, pero sí saben ingeniárselas para proporcionarles una miseria más cómoda... Y así no llegaremos a ninguna parte.

–Tal vez esos peones consideran, y con razón, que ha llegado el momento de que les devuelvan todo el sudor que les robaron.

–En una tierra tan seca, las cosechas sólo dan fruto con sudor –sentenció don Gonzalo Andrade seguro de lo que decía–. Sudo yo, sudan tus hermanos, sudan los caballos, y hasta los gatos tienen que sudar si pretenden atrapar una rata. Pero corren unos tiempos en que se gasta más esfuerzo en fabricar colonias y desodorantes que en trabajar la tierra, sin que nadie se detenga a meditar en el hecho de que si esa tierra no da frutos, todos estamos condenados al hambre. Los billetes y las ideologías no se comen. Y los desodorantes mucho menos.

Guardaron silencio hasta haber coronado una colina en la que desmontaron para tomar asiento a la sombra de un copudo castaño a observar cómo el sol comenzaba a calcinar una tierra polvorienta en la que los árboles aparecían abrasados y los matojos resecos, mientras que el hermoso riachuelo en que solían bañarse antaño no era ya más que una serpenteante línea de piedras.

Don Gonzalo se volvió, la tomó por la barbilla y le obligó a alzar los ojos y mirarle de frente.

–Da pena verlo –musitó al fin Julia, a quien el deterioro de los paisajes de su infancia le afectaba casi tanto como los profundos surcos que marcaban el rostro de su padre–. ¡Lo recuerdo tan hermoso!

–El campo no se alimenta de promesas, y el agua que nos prometieron nunca llegó –el hombretón señaló un punto a lo lejos–. El dinero de las presas y las canalizaciones se gastó en que por allí cruce un tren que te lleva a Madrid en menos de tres horas, y yo me pregunto para qué tanta prisa, si a lo único que podemos ir a Madrid es a mendigar un poco de agua.

–Pero el Ministerio de Obras Públicas asegura que se han empleado cincuenta mil millones de pesetas en el Plan Hidrológico Nacional.

–¿Y dónde están? –fue la escéptica pregunta–. ¿Tú las ves? Lo que es yo no las veo, y lo único que sé es que hoy tenemos la mitad de agua embalsada que el año pasado. De ocho mil kilómetros cúbicos que se almacenaban en la cuenca del sur, hemos pasado a tres mil quinientos, y sigue sin llover. El pozo de la finca ha descendido en más de treinta metros, los olivos no dan fruto, los cultivos tradicionales se mueren, y ahora les piden a los agricultores que se olviden del arroz, las patatas y algodón, y planten cosas que no consuman tanta agua... ¿Pero qué?

–¿Qué les aconsejan?

–Ni ellos mismos lo saben exactamente. ¿Y quién va a escucharlos, si llevan años demostrando su ineptitud? Cuando un ministro se equivoca lo cambian de cartera y punto, pero el campesino que le haya hecho caso y cultive un producto equivocado acabará perdiendo sus tierras. Además, todos sabemos que en estos momentos Cataluña no tiene problemas de agua, y como son sus políticos los que en realidad mandan en el país chantajeando al gobierno central, la cosa tiene difícil arreglo.

–¿Y tú qué piensas hacer?

–De momento tengo agua para los caballos, y si las cosas no mejoran sacrificaré las vacas y compraré bisontes.

–¿Bisontes? –se asombró su hija–. ¿Bisontes americanos?

–¡Exactamente! Bisontes americanos.

–¿Y esa locura?

–Ninguna locura... –le hizo notar don Gonzalo–. Se ha demostrado que el bisonte produce una carne magnífica y muy apreciada por su bajo colesterol, mientras que las pieles se venden muy bien. Además, es un animal que requiere muy pocos cuidados y necesita la mitad de agua que un toro –lanzó un hondo suspiro para concluir con cierta amargura–. Andalucía siempre fue tierra de toros, pero tal como nos la están dejando tal vez acabe por ser tierra de bisontes y avestruces.

–Me cuesta imaginar a bisontes y avestruces pastando entre olivos.

–¡Si es que quedan olivos...! –puntualizó su padre.

–Bueno… –señaló Julia en un inútil esfuerzo por animarle–. Supongo que todo se arreglará. Dios aprieta pero no ahoga.

–¡Desde luego! –replicó de inmediato el hombretón–. Está visto que no tiene la más mínima intención de ahogarnos. Por lo menos en agua. Y tampoco llegará la sangre al río, puesto que ya no hay río, aunque podemos sentirnos orgullosos de haber gastado miles de millones en la «Exposición Universal de Todos Nuestros Errores».

Permanecieron de nuevo en silencio, tal vez recapacitando sobre la sinrazón de tantas cosas como estaban sucediendo y que jamás conseguirían entender, hasta que la locutora tomó con suma delicadeza la mano de su padre, y pasando el dedo sobre el dorso como si quisiera averiguar cuántas manchas oscuras le habían nacido desde la última vez, susurró como avergonzada:

–¿Recuerdas el día en que aquí sentados me aconsejaste que no me casara con Mauro? –al no obtener respuesta, añadió en el mismo tono–. Tenías razón.

–Aún estoy a tiempo de haberme equivocado –fue la dulce respuesta–. La gente cambia.

Su hija negó con firmeza.

–Él no –sentenció–, y si cambiara sería a peor.

–Lamento oírte decir eso.

–Y yo lamento tener que decírtelo, pero llevo años avergonzándome por no haberlo hecho antes.

Don Gonzalo se volvió, la tomó por la barbilla y le obligó a alzar los ojos y mirarle de frente.

–¿Tiene algo que ver ese Viejo Zorro con el hecho de que te hayas decidido a admitirlo? –quiso saber.

–¿Qué te hace pensarlo?

–El entusiasmo con que hablas de él. Soy tu padre y te conozco.

–No te niego que ha contribuido en cierto modo –admitió ella con naturalidad–. Pero es que, además, han ocurrido otras muchas cosas que me han hecho comprender que estaba ciega.

–¿Puedo saberlas?

–Prefiero que no. Prefiero que te baste mi palabra de que me ha hecho tanto daño que dudo que algún día consiga superarlo.

–Me tienes aquí para ayudarte.

–¡Lo sé! Pero es algo en lo que me metí sola y de lo que debo intentar salir por mis propios medios. –Julia alargó la mano y le acarició con afecto la mejilla–. No te ofendas –pidió–. Pero creo que Guillermo es el único que puede echarme una mano en esto.

–Eso depende de adónde te la eche –fue la humorística respuesta–. Aunque no creo que a su edad esté ya para muchos trotes.

–Pues no te lleva más que cuatro años, y mamá presume de que aún le das «marcha» a menudo.

–Sí, pero es que yo me paso el día entre sementales y algo se pega. –Le apartó el cabello de la cara como solía hacer cuando era niña–. Ahora en serio –añadió–. Piénsatelo bien, no sólo por ti, sino sobre todo por él. Eres demasiado joven y demasiado famosa para tratarse de un «último tren», aunque se trate del último tren de un hombre tan brillante.

–Ser joven y famosa no me ha conducido a ninguna parte –le hizo notar ella con sencillez–. Mauro me exhibe como un trofeo de caza y he recibido toda clase de proposiciones de gente increíblemente encumbrada. Sin embargo, nadie ha conseguido hacerme vibrar ni retener mi atención más de cinco minutos.

–¿Excepto ese Viejo Zorro?

–Exactamente. Cada vez que empieza a hablar, tengo la sensación de que algo inaudito va a ocurrir, y un mundo nuevo se va a abrir de improviso ante mis ojos. –Hizo una larga pausa y mantuvo con firmeza la inquisidora mirada de su padre–. ¡Y jamás me decepciona!

–Está claro que se ha ganado a pulso su apodo –reconoció don Gonzalo un tanto desabridamente–. Me consta que no crié a una estúpida que se deje embaucar por un charlatán de feria, pero aun así me preocupa, porque sólo he conocido algo en este mundo que no perdona a nadie, y son los años. ¿Qué harás cuando comience a chochear?

–Lo que he hecho hasta ahora –replicó ella con absoluto desparpajo–. Que yo recuerde, la mayoría de la gente no ha hecho más que chochear a mi alrededor aunque no hayan cumplido los cuarenta años. La estupidez no tiene edad.

Don Gonzalo Andrade Buenaventura sonrió casi para sus adentros, se puso pesadamente en pie y alargó la mano para ayudar a erguirse a su hija.

–En eso llevas razón –reconoció mientras se encaminaba al punto en que ramoneaban los caballos–. Tu marido es un magnífico ejemplo de «chocho prematuro», pero ten muy presente que si sigues adelante será Guillermo quien más sufra, puesto que tú puedes olvidar la diferencia de edad, pero él no. Él sabe muy bien que cada año que pase será diez años más viejo, porque llega un momento en que el tiempo se acelera como una piedra que cae al vacío. Un metro siempre será un metro y la piedra siempre será la piedra, pero nunca no será la velocidad con que lo recorre.

No volvieron a hablar del tema, y en el fondo Julia lo agradeció puesto que aún no estaba del todo segura de cuáles eran sus auténticos sentimientos y de si se encontraba o no preparada para consagrar su vida a un hombre que parecía estar ya casi al otro lado de la postrera orilla.

Esa noche, tumbada en la cama y escuchando el lejano cocear de los caballos en las cuadras, que era una música de fondo con la que siempre se dormía de pequeña, evocó una vez más la figura del anciano y experimentó una sensación de bienestar semejante a la que experimentaba cada vez que penetraba en aquel acogedor dormitorio de cama de baldaquín, pesados muebles y amplio ventanal, en el que tan segura se había sentido siendo niña.

Sentada tras aquel ventanal había pasado largas horas contemplando el riachuelo y los olivos mientras trataba de imaginar cuál sería su futuro.

Sentada tras aquel ventanal se había hecho a la idea de que algún día alguien vendría a tomar el relevo de su padre a la hora de protegerla.

Y sentada tras aquel ventanal jugó un millón de veces a imaginar cómo sería el hermoso galán que supiera despertar cuanto escondía en lo más íntimo de su alma.

–¡Hermoso! –mascculló–. ¡Lo que se dice hermoso!

Sonrió para sus adentros y comenzó a quedarse dormida mientras se preguntaba a qué se debía el hecho de que día a día hubiese ido dejando de recordar a Guillermo López-Navarro como un vejete de cabello ralo, gruesas gafas y algo encorvado, para pasar a evocar tan sólo el brillo de sus vivaces ojos, la luminosidad de su pícara sonrisa o la tonalidad de una voz cálida y profunda que a menudo le embriagaba.

Una hora antes del alba ya estaba toda la casa en pie, y en cuanto comenzó a clarear con ese mismo pie en el estribo, mientras los más pequeños alborotaban en una enjaezada carreta a la que de tanto en tanto trepaba Andrea cuando se cansaba de cabalgar.

Julia amaba desde que tenía uso de razón aquellas improvisadas excursiones en las que marchaban como una estrafalaria cuadrilla de gitanos transhumantes, deteniéndose a comer, bañarse en un riachuelo o echar la siesta allí donde se les antojaba, de tal modo que a menudo la noche les sorprendía en pleno campo, momento en que acampaban junto a una brillante hoguera para permitir que al poco tiempo comenzaran a rasguear las guitarras.

Aquélla había sido siempre la gran aventura de su niñez, y de ella le había quedado un ansia insatisfecha de libertad, puesto que el simple hecho de dormir bajo las estrellas escuchando el canto de las aves nocturnas, el leve relincho de los caballos y el lejano mugir de los toros en las dehesas, le remontaba a los relatos de Conrad o London, y le permitían hacerse la ilusión de que estaba acampada a orillas del Amazonas o en pleno corazón del África negra.

Aún recordaba cuando acarició la idea de hacerse misionera por el simple placer de pasar el resto de sus noches de acampada, y fue en el transcurso de una de aquellas inolvidables excursiones cuando decidió que estudiaría periodismo para lanzarse a recorrer el mundo escribiendo sobre lugares exóticos.

Por desgracia, durante el segundo curso conoció a Mauro Ortega y ese hecho trajo aparejado que sus soñados días a caballo y sus ansiadas noches al raso se trastocaran en días bajo los focos de un estudio de televisión y noches de estúpidas fiestas y absurdas recepciones.

Y por último apareció Andrea.

Se volvió a mirarla, arrebatada bajo el ardiente sol, cubierta de polvo y con las posaderas escocidas, pero tuvo la impresión de que pese a su lamentable aspecto se encontraba tan feliz y relajada como si de igual modo hubiese pasado media vida vagabundeando por las llanuras cordobesas.

–¿Cómo va eso? –quiso saber.

–Creo que estaré una semana sin sentarme –fue la divertida respuesta–. Pero vale la pena.

–Me alegro.

Le alegró de igual modo comprobar que ningún miembro de su numerosa familia parecía sospechar ni siquiera remotamente que aquella patosa muchacha que apenas conseguía mantenerse en equilibrio sobre una cabalgadura, pudiera haber sido su amante, y experimentó una especie de vahído sólo de pensar en ello, sorprendiéndose a sí misma al descubrir que estaría dispuesta a cortarse la mano derecha por conseguir que aquella denigrante faceta de su vida jamás hubiera tenido lugar.

–¿Regresamos?

Observó a su padre, que era quien había hecho la pregunta y que observaba a su vez el sol como si estuviera calculando el tiempo que necesitarían para volver a casa antes del anochecer, y no pudo evitar replicar en el mismo tono mimoso que solía emplear de pequeña.

–¡Por favor...! –suplicó–. ¡Sólo esta noche!

–¿Es que no crecerás nunca?

–Para esto, no.

Don Gonzalo Andrade Buenaventura se volvió a su esposa.

–¿Soledad...?

–Si la Niña quiere quedarse, nos quedamos.

–Y si la Niña quiere tirarse por un puente, nos tiramos –fue la conformista respuesta–. ¡Está bien! Acamparemos en el recodo del río.

Era como volver a tener nueve años compartiendo la excitación con el resto de la chiquillería, chapoteando en el agua hasta el anochecer, buscando leña para la hoguera, pescando la cena entre risas y apartando piedras y matojos para extender las mantas.

¿Quién pudiera parar el tiempo en aquellos momentos, o quién pudiera empezar de nuevo a partir de aquel punto?

–¿Nostalgia?

Se volvió a su madre, que acababa de tomar asiento a su lado.

–¿Tú no?

–La dejaré para cuando te hayas ido –musitó doña Soledad con innegable tristeza–. El río siempre está aquí, pero tú te vas muy lejos.

–Madrid no está tan lejos...

–Para mí, todo cuanto está más allá de mi vista está demasiado lejos. Me gusta sentir a mi alrededor a la familia. –La buena mujer hizo una larga pausa porque se diría que le atemorizaba lo que iba a preguntar, pero por último lo hizo como si se lanzara de cabeza al agua–. ¿Tienes intención de separarte de Mauro? –quiso saber.

–Creo que sí.

–¿Lo has pensado bien?

–Hace años que lo pienso.

–¿Y él qué opina?

–Aún no lo sabe. Ni pienso preguntárselo.

–¿Te irás con ese... «señor»?

–De momento viviré con Andrea para no sentirme sola. ¡Luego, Dios dirá!

–Me gustaría poder darte un consejo, pero no se me ocurre ninguno –fue la humilde confesión.

–Pues debes de ser la única persona de este mundo a la que no le sobran los consejos –rió Julia–. Y en el fondo te lo agradezco, porque ya va siendo hora de que empiece a responsabilizarme de mis propias decisiones. He cometido demasiados errores, y siempre he creído tener a quien culpar, pero en el fondo siempre he sabido que no es así. Ahora lo acepto.

–Tu único error fue casarte con Mauro.

–Un error lo puede cometer cualquiera, pero un error tan prolongado se convierte en una estupidez. ¡Y odio ser estúpida!

–Tal vez te consuele saber que cuando decidí casarme con tu padre todo el mundo opinó que estaba loca, puesto que al fin y al cabo yo era una «señorita bien» y él un simple criador de caballos que por aquel entonces ni siquiera tenía cuadra propia. Sin embargo, sabes muy bien que me ha hecho la mujer más feliz de este mundo. Los maridos son como los melones, nunca sabes si saldrán buenos hasta que los catas. Y ahora duérmete, porque antes de que te des cuenta tu padre nos estará dando patadas en el culo para que nos pongamos en marcha.

Mauro no se encontraba en casa pese a que resultaba evidente que ya había regresado de Bruselas, y tanto Julia como Andrea lo agradecieron, pues lo último que deseaban tras un fin de semana tan apacible era encarar una situación que, sospechaban, no iba a resultar en absoluto agradable.

Andrea se encaminó de inmediato a la sauna en un desesperado intento por reparar en la medida de lo posible un cuerpo ferozmente maltratado por las ancas de los caballos, el traqueteo de la carreta o la noche al raso; por su parte, Julia se dirigió a casa de Guillermo López-Navarro, confiando en que aún no hubiese emprendido su diario paseo vespertino.

Le desconcertó el recibimiento de la gorda, que le franqueó con naturalidad la puerta señalando con su áspero vozarrón de siempre.

–El Profesor está en el cuarto de baño de la biblioteca. Es aquella puerta.

–Esperaré aquí.

–Puede entrar.

–¿Cómo voy a entrar cuando está en el cuarto de baño? –replicó perpleja la recién llegada–. Esperaré.

–Tardará en salir. Está trabajando.

Efectivamente, el Viejo Zorro estaba trabajando tumbado en el suelo cuan largo era, con la cabeza bajo la cisterna del retrete y enfundado en un desgastado mono sucio de grasa. Nada parecía tener en común con el sesudo catedrático que había enseñado a pensar a tres generaciones de economistas.

–¿Qué estás haciendo? –quiso saber Julia, inclinándose junto a él.

–Poniendo en práctica un invento.

–¿Qué clase de invento?

–Uno bastante estúpido, pero que puede ahorrar mucha agua. –El anciano se irguió hasta quedar apoyado en el borde de la bañera, para señalar con la llave inglesa que aún tenía en la mano la tapa del retrete.

–Siéntate ahí… –pidió.

Julia obedeció, aunque resultaba evidente que se sentía ciertamente incómoda al inquirir:

–¿Para qué?

–Mira frente a ti –fue la respuesta–. El otro día me di cuenta de que la entrada del desagüe del lavabo me quedaba a la altura de los ojos, mientras que la entrada del agua de la cisterna aparece casi medio metro más baja. ¿Lo ves?

–Sí, lo veo.

–Pues bien –añadió el otro, sonriente–, colocando este tubo con un pequeño desvío y una válvula, puedo conseguir que el agua que se va por el lavabo pase a llenar la cisterna, ya que no es más que agua con jabón, que servirá perfectamente para desaguar el retrete. ¿Lo entiendes?

–Desde luego –admitió la locutora ciertamente

confusa–. Pero ¿qué obtienes con eso? Es un ahorro ridículo.

–Para una casa sí –fue la tranquila respuesta–, pero no para una ciudad o un país. –Indicó con un gesto la cisterna–. ¿Tienes idea de cuánta agua gastamos cada vez que tiramos de la cadena?

–Ni la más mínima.

–Entre ocho y diez litros –le aclaró–. Y ¿sabes cuántas veces tiramos de la cadena al cabo del día? Entre dos y tres. Eso quiere decir que diariamente cada español desperdicia estúpidamente más de veinte litros de agua potable. Al precio actual del agua, y por medio de una sencilla multiplicación, he llegado a la conclusión de que derrochamos casi ochenta millones de litros diarios, es decir, unos diez mil millones de pesetas anuales en el simple hecho de que agua limpia arrastre nuestra mierda hasta las cloacas.

–¡Caray!

–Eso mismo pensé yo. ¡Caray! Los pantanos se secan, los cultivos se mueren, sufrimos molestas restricciones, pero aun así desperdiciamos agua limpia para algo que puede hacer muy bien un agua ya utilizada.

–¿Y funciona tu invento?

–Lo estoy perfeccionando... –El anciano se rascó la nariz, con lo que le quedó un cómico chorretón de grasa que resaltaba aún más la claridad de sus ojos–. Cuando lo tenga listo, y con un coste de material inferior a las mil pesetas, se podrá ahorrar toda esa cantidad de agua, al tiempo que se reducirá la cantidad que va a parar a las cloacas, lo cual también significará un considerable ahorro a la hora de depurarla.

–¿Y cómo se te ocurren esas cosas?

El anciano rió alegremente.

–En este caso, y sin ánimo de parecerte grosero, te confesaré que se me ocurrió cagando. –Comenzó a lavarse las manos al tiempo que indicaba con un gesto la cisterna cuya tapadera aparecía abierta–. Mira, ¿ves como entra el agua?

–Ya veo –admitió un tanto perpleja la locutora–. Pero lo que me sorprende no es que ocurra así, sino que sea alguien como tú quien lo piense y además lo lleve a cabo.

–Siempre me gustó la mecánica –fue la respuesta–. De muchacho era un manitas para las motos. –Comenzó a secarse y la observó con marcada intención–. Y ahora dime –pidió–, ¿qué te trae por aquí?

–¿Acaso necesito un motivo especial para visitarte? –inquirió Julia molesta.

Resultaba evidente que aquella situación rebasaba en cierto modo los límites de comprensión de Guillermo López-Navarro, que tras concluir de secarse con increíble parsimonia arrojó la toalla a un cesto para tomar asiento en el borde de la bañera y observar a su interlocutora como si se tratara de un extraño espécimen de animal en vías de extinción.

–Desde que has entrado en mi vida, me han ocurrido más cosas que en los veinte últimos años –musitó al fin–. Me había hecho a la idea de irme apagando sin ilusiones, pero en apenas un par de semanas todo parece haber cambiado. –Hizo una corta pausa–. Ayer vino a visitarme el secretario personal del ministro de Educación –concluyó.

–¿Y eso? –sorprendió Julia.

–Parece ser que han decidido apoyar un viejo proyecto mío sobre la universidad del futuro, y me ofrecen regresar a la vida activa, poniéndome al frente de un equipo de trabajo.

–¿Curiosamente casual, no te parece?

–Tremendamente casual, diría yo, sobre todo teniendo en cuenta que el amabilísimo secretario ha aprovechado para advertirme que el asunto se iría al traste si insistía en unas ridículas teorías económicas que no me conducirían más que al desprestigio y a inquietar a la opinión pública de una forma innecesaria.

–Eso quiere decir que en el ministerio conocen el contenido de nuestra entrevista.

–Y que evidentemente les inquieta –corroboró el anciano encaminándose a la vecina biblioteca–. Por lo visto, en «las alturas» no hace mucha gracia la idea de que la gente pueda plantearse las auténticas razones por las que no se lleven a cabo unos cambios que tal vez reduzcan drásticamente las bolsas de dinero negro.

–Interesante... –puntualizó Julia, que había ido a tomar asiento en uno de los sobados sillones de cuero–. Resulta evidente que al menos hemos conseguido despertar interés. ¿Qué piensas hacer?

–Aún no lo sé –fue la sincera respuesta de su interlocutor, que al poco acudió a acomodarse frente a ella–. Creo que ésa es una decisión que deberíamos tomar juntos.

–Son tus ideas.

–Pero eres tú quien las ha sacado a la luz –le hizo notar–. Si no hubieras aparecido lo más probable es que me acompañaran a la tumba.

–Injusto, ¿no crees? La sociedad actual está necesitada de ideas que la ayuden a salir del marasmo, y cuanto más te conozco más me convenzo de que eres uno de los pocos que tienen esas ideas. –Se inclinó levemente hacia adelante–. Me sentiré muy orgullosa si de algún modo contribuyo a obligarte a abandonar tu madriguera.

El Viejo Zorro tardó en replicar, como si necesitara tiempo para meditar su respuesta, y tras alargar la mano y acariciar afectuosamente el cabello de la hermosa mujer que se sentaba frente a él, se echó hacia atrás en su butaca para observar con extraña atención el techo, antes de replicar:

–Las ideas son como las semillas que se plantan pero no se riegan. Nunca dan fruto. Y yo ya no estoy en edad de regar. Me cansa y me aburre. Sentarme a teorizar sobre los cambios que necesita la sociedad resulta sencillo. Lo verdaderamente difícil es conseguir que esos cambios se produzcan.

–Pero convendrás conmigo en que lo primero que se necesita es la teoría –puntualizó ella–. Nadie se lanza a la calle sin una razón válida.

–¿Y qué derecho tengo a lanzar a nadie a la calle, o a inquietar los ánimos con proyectos irrealizables? –quiso saber Guillermo López-Navarro como si se sintiera anticipadamente culpable por ello–. Tal vez ese secretario tenga razón, y lo único que consiga sea caldear unos ánimos que ya están bastante caldeados de por sí. Odio la idea de convertirme en un provocador que se mantiene al margen de las consecuencias de sus provocaciones.

–¿Prefieres que las cosas continúen como están? ¿Que nos sigamos conformando con la cuadrilla de pícaros que están llevando nuestra sociedad a un punto del que muy pronto ya no tendrá retorno?

–¿Y por qué no, si así lo quiere esa sociedad? –argumentó el economista–. Mejor pícaros que dictadores. En mi juventud los estudiantes nos enfrentábamos al poder arriesgándonos a la cárcel o a una paliza, y a menudo tuvimos que correr ante los caballos de los Grises. –Agitó la cabeza en gesto de negación–. Se me antoja injusto que tengamos que ser los mismos los que nos enfrentemos a las nuevas injusticias mientras los chicos de hoy en día se conforman con hacer el amor, correr en moto o fumar porros. Se trata del mundo en el que les va a tocar vivir, y tienen que ser ellos quienes lo arreglen.

–¿Y si no lo hacen? –quiso saber la locutora.

–¡Que se jodan! –fue la intempestiva respuesta–. Yo ya no estaré aquí para verlo.

–No puedo creer que hables en serio –señaló Julia, que acababa de darse cuenta de que se había olvidado los cigarrillos, lo cual solía tener la virtud de malhumorarla–. Estoy de acuerdo en que esta juventud «pasa» de todo, pero debemos aceptar que el mundo que les estamos dejando es «invento nuestro», no de ellos. No creo que tengamos derecho a decir «que se jodan», puesto que dudo que tu padre te dijera nunca: «Jódete con lo que te estoy dejando». ¿O sí lo hizo?

–No –admitió el catedrático–. Él tuvo que jugarse la vida en una guerra que perdió, pero me enseñó a luchar por lo que quería, y lo asumí. Ahora nadie quiere asumir nada.

–Tal vez se deba a que nadie les da ejemplo. Tú puedes hacerlo demostrando que no existe edad a la hora de tener ilusiones y luchar para que esas ilusiones se cumplan. Si realmente crees que estás en condiciones de diseñar un mundo mejor, tu obligación es diseñarlo.

–¿Y quién me garantiza que realmente será mejor?

–El mismo que te garantice que peor no va a ser, y eso está al alcance de cualquiera. Tienes una mente lúcida, y al igual que a mí me apasiona la idea de compartir tus sueños, a otros muchos les apasionará de igual modo.

–No creo que haya muchos como tú.

–¿Desmoralizados, aburridos, engañados y decepcionados por aquellos en quienes habíamos puesto todas nuestras esperanzas...? ¡Millones!

–¿Es así como te sientes...? –Al no obtener respuesta el anciano añadió–: ¿Por qué?

–Porque como profesional me convirtieron en una marioneta, y como mujer en una guarra.

–Eso suena muy duro.

–Lo sé. Pero es la verdad. Y por eso he decidido dejar de comportarme como una guarra. Y si tú me ayudas, volveré a ser una periodista capaz de enfrentarse al «sistema».

El Viejo Zorro se irguió fatigosamente, paseó largo rato por la inmensa biblioteca, y por último acudió a colocarse tras el sillón de Julia, posando las manos sobre sus hombros como si pretendiera defenderla de un enemigo invisible.

–Quieres que te confiese una cosa –musitó–. Empiezo a estar convencido de que hoy en día en nuestro país ese «Sistema» en realidad no existe –sonrió aunque ella no pudiera verle–. Al menos el «Sistema» oscuro, monolítico y temible que solemos asociar a la idea de un Estado fuerte y sólido. Lo que existe es una gigantesca «chapuza» alzada a toda prisa, y a la que se le van poniendo parches a medida que comienza a desmoronarse.

–Pero los periódicos –y los jueces– aseguran que este gobierno emprendió una auténtica «guerra sucia» contra los terroristas. ¿Acaso no forma eso parte del «Sistema»?

–Forma parte de una «Caricatura de Sistema» –le hizo notar–. Con el fin de una dictadura que había durado cuarenta años, quienes llegaron al poder no tenían experiencia, pero habían leído muchos libros y visto muchas películas. Creyeron que todo era fácil, y que con dinero y un poder ilimitado conseguirían mantenerse otros cuarenta años en el gobierno.

–Pues no parece que vayan a conseguirlo.

–¡Eso está aún por ver! Su «Sistema» ha resultado un fracaso, pero es precisamente por eso por lo que resulta tan peligroso. A sus creadores les aterroriza la posibilidad de que cualquier leve agitación eche abajo el «chiringuito» y ese pánico les obliga a lanzarse de inmediato sobre quien intenta mover las aguas aunque sea a base de sencillas ideas –giró hasta tomar de nuevo asiento frente a ella para añadir con naturalidad–: La peor enfermedad que afecta siempre a quienes detentan el poder, es el temor a perderlo, lo cual les impulsa con harta frecuencia a cometer excesos que son los que a la larga acaban derribándolos. La historia está llena de ejemplos.

–¿Nunca te llamó la atención la política? –quiso saber Julia de improviso.

–En absoluto –fue la sincera respuesta–. Jamás ha existido un solo político que haya servido para algo que no sea luchar por conseguir el poder o mantenerse en él, y siempre he estado convencido que el único infierno que existe es el de ese poder, puesto que al fin y al cabo, su «inventor», Lucifer, no era más que un intrigante que pretendía derrocar a su Creador.

–No deja de ser una curiosa teoría –se vio obligada a reconocer la locutora.

–Curiosa pero cierta. El ansia de mandar para conseguir sentirse superior a los demás, es tanto más intensa cuanto más baja sea la catadura moral e intelectual de quien experimenta esos sentimientos. Alguien que tiene conciencia de su propia valía, no necesita imponer su voluntad a los demás, y es por eso por lo que el mundo de los políticos suele ser tan mediocre.

–Entiendo que no tengas mucho campo en ese terreno... –sentenció ella–. Sobre todo si te dedicas a exponer en público lo que piensas.

–Siempre lo he hecho, y pienso seguir haciéndolo porque a estas alturas de la vida me importa un bledo lo que pueda ocurrirme. Aborrezco a los que mandan puesto que el simple hecho de querer mandar a los demás les hace ya de por sí aborrecibles.

–¿Y no admites que haya alguien que aspire a gobernar para conseguir un mundo mejor?

–En principio sí, pero por desgracia sus buenas intenciones desaparecen en cuanto ven en peligro su liderazgo. La adicción al poder es un vicio que se adquiere rápidamente y que nadie se ha dedicado a estudiar en profundidad, pero ahí está...

Fue en ese instante cuando le interrumpió el timbre del teléfono. Era Andrea que deseaba hablar con Julia ya que al regresar a casa se había encontrado el coche de Mauro aparcado ante la puerta y no tenía la más mínima intención de encontrarse a solas con él.

–Te llamo desde el restaurante de la esquina –concluyó–. Ven a buscarme y cenaremos juntas.

Julia meditó unos instantes, dedicó una leve sonrisa al anciano que se había alejado hacia el otro extremo de la estancia, y acabó por asentir con un leve gesto de cabeza.

–Dile a Paco que me vaya preparando un rodaballo al horno con patatas «a lo pobre». En diez minutos estaré ahí.

Colgó, recorrió con la vista los títulos de algunos de los libros que se alineaban a todo lo largo de las paredes, y por último se volvió al dueño de la casa.

–Siento tener que marcharme –dijo–. Pero probablemente ésta sea una de las noches más importantes de mi vida. Vamos a echar de casa a mi marido.

–¿Vamos? –se sorprendió Guillermo López-Navarro–. ¿Quiénes?

–Andrea y yo.

–¿Y quién es Andrea?

Julia recogió su bolso y buscó las llaves del coche antes de decidirse a responder, pero cuando lo hizo miraba directamente a los ojos de su interlocutor.

–Andrea es mi amante, aunque para ser más exactos, sería mejor decir que lo fue. –Le besó afectuosamente en la mejilla–. Pero ésa es una sucia historia que prefiero contarte con más calma. Ahora he de irme.

Abandonó la casa sin saber muy bien si se arrepentía o se sentía liberada por lo que acababa de decir, y no cesó de planteárselo hasta el momento en que tomó asiento frente a Andrea, que había dado ya buena cuenta de una enorme fuente de jamón y una docena de ostras.

–Lo siento –se disculpó la muchacha–. Pero es que la sauna me da un hambre de lobo.

–¡Dichosa tú que nada te engorda!

Dedicaron el resto de la cena a puntualizar lo que pensaban decir, pero nada de cuanto habían previsto sucedió, puesto que en el instante de abrir la puerta se escuchó una leve explosión y Mauro Ortega las saludó sonriente mientras servía tres copas de champán y exclamaba exultante:

–¡Felicidades!

–¿Felicidades por qué?

–Por mí. Y por todos. –Les tendió una copa a cada una–. Un brindis por el futuro director de cadena.

–¿Tú?

–El mismo. Y te garantizo que tendrás el programa que siempre soñaste. Podrás viajar, entrevistar a quien te plazca y disponer del mejor equipo sin reparar en gastos. –Se volvió a Andrea–. Y me darán libertad para coproducir películas en las que, lógicamente, tú tendrás papeles importantes.

Julia Andrade tomó la copa y sin hacer el menor gesto de llevársela a los labios, inquirió desabridamente:

–¿Hablas en serio?

–Totalmente. Me lo han confirmado esta misma tarde.

Su mujer dejó la copa sobre la barra del pequeño bar, tomó asiento en uno de los taburetes y, tras meditar unos instantes, alzó la mano como si pidiera calma y le permitieran analizar a fondo la noticia.

–¡A ver si me aclaro! –señaló al fin–. Fuiste jefe de informativos durante el franquismo, más tarde miembro del consejo de administración con la UCD, y por lo visto ahora van a nombrarte jefe de cadena con los socialistas. ¿Cuántas chaquetas tienes?

–No se trata de «chaquetas», sino de conocimientos. Necesitan buenos profesionales y han pensado en mí.

–Supongo que eso de «buenos profesionales» se refiere a gente que les ayude a ganar las elecciones, pero por lo que sé de ti, siempre las has perdido aunque luego hayas demostrado una sorprendente habilidad para cambiar de bando. –Hizo una corta pausa, dirigió una larga mirada a Andrea, que aún permanecía con la copa en la mano aunque su expresión parecía indicar que lo que en verdad deseaba era tirársela al otro a la cara, y por último añadió en un tono neutro y sin inflexiones–: Al menos te servirá para pagarte un buen apartamento.

–¿Qué quieres decir con eso? –fue la inmediata y alarmada pregunta.

–Que te quedaría muy agradecida si te largaras. Búscate un buen hotel y en cuanto estés instalado te enviaré tus cosas.

–¡No hablas en serio!

–Totalmente. No me agrada la idea de convivir con alguien que se dedica a enviar anónimos, y como tenemos separación de bienes y esta casa es mía, lo lógico es que seas tú quien se vaya.

–¡Espera! –protestó el otro–. Eso de los anónimos no es como lo planteas. Me horrorizaba la idea de perderos y cometí una estupidez, pero he tenido tiempo de pensar en ello y arrepentirme.

–¡Demasiado tarde! –señaló Andrea, decidiéndose a abrir la boca por primera vez–. Me destrozas la vida, y a cambio de un hombre estupendo, y una hermosa familia, me vienes ofreciendo papelitos en películas que piensas financiar con un dinero que ni siquiera es tuyo. Demasiado poco, ¿no te parece?

–También te ofrezco mi amor.

–¿Tu amor? –repitió la muchacha con ironía–. El amor de un cerdo como tú se me antoja peor que el odio de un beduino... Hazme un favor, ¡vete a la mierda!

–¡No lo entiendes! –fue la casi histérica respuesta–. Yo lo único que pretendía era salvar nuestra relación. ¡Era tan perfecta, tan distinta! –Mauro Ortega extendió la mano en un vano intento de aferrar la de Andrea, que se apartó con un leve gesto de repugnancia–. Hemos sido felices todos estos años, y seguiríamos siéndolo si no te hubieras dejado deslumbrar por ese imbécil. –Su voz se volvió casi suplicante–. ¡Tú no eres para él! –exclamó–. Necesitas otras cosas. En la cama me necesitas a mí. Y a Julia. Y a todo cuanto en realidad te excita.

–Tú ya no me excitas –fue la rápida respuesta no exenta de un cierto humor–. ¡Sólo me cabreas! Aunque lo que más me cabrea es el hecho de haberte soportado durante tanto tiempo. –Andrea paseó de un lado para otro de la estancia bufando como si no pudiera contener la ira que sentía contra sí misma–. ¿Cómo pude ser tan estúpida? –exclamó–. ¿En qué mierda estaría pensando cuando me dejé embaucar por un impotente que ni siquiera es capaz de tener una erección si no organiza un «numerito» con su propia esposa? –se volvió a Julia al tiempo que indicaba acusadoramente a Mauro–. Es hora de que decidas si me busco o no un hotel, porque si este «plasta» se queda, yo me largo.

–Ya se va.

–¡Eso está por ver! –reaccionó de inmediato el aludido cuyo tono cambió como por ensalmo, volviéndose duro y casi amenazador–. No os vais a librar de mí tan fácilmente. ¡Me quedo!

–¡Te vas! –insistió Julia.

–¿Y cómo piensas echarme? ¿Por la fuerza?

Su mujer meditó unos instantes sin dejar de mirarle a los ojos, y había tal firmeza en esa mirada que resultó evidente que Mauro Ortega no volvería a pasar una sola noche bajo su mismo techo.

–¡No! –señaló al fin con sorprendente calma–. Por la fuerza no, pero si no sales por esa puerta dentro de dos minutos, levanto el teléfono y le cuento a Fernando Baeza que estás intrigando para quitarle el puesto –casi se vislumbró una sonrisa en la comisura de sus labios–. Y sabiendo lo hijo de puta que puede llegar a ser, no me sorprendería que en menos de veinticuatro horas acabase contigo, sobre todo si le doy la información que necesita sobre ti y tu pasado de «chaquetero».

–¡Tú no harías eso! –exclamó el otro que había palidecido de forma harto visible.

–Únicamente si me obligas –fue la firme respuesta–. Pese a todo el daño que me has hecho, y pese a que me has corrompido, humillado, ofendido y despreciado, no quiero enfrentarme a ti en una guerra abierta, pero tampoco la eludiré si la buscas. ¡Márchate! –suplicó–. Olvídate de mí y déjame empezar una nueva vida, más limpia y más digna.

–¿Con Andrea?

–No. Con Andrea no. Conmigo misma. No sé lo que hará ella, pero yo quiero salir del fango en que nos has hundido.

–¡Nunca te obligué a nada!

–Lo sé –admitió su mujer–. Nunca me obligaste, pero sabes muy bien que jamás hubiera llegado a ello por mí misma y ahora me siento asqueada.

–¿Por qué no esperamos unos días? –rogó él casi con humildad–. Probablemente todo esto no sea más que una crisis pasajera. Todas las parejas las sufren de tanto en tanto.

–Nosotros no somos una pareja –le recordó Julia–. Somos un trío. Y sé muy bien que esto no es en absoluto una «crisis pasajera». Es el fin.

–¡Me niego a aceptarlo!

–¡Por mí como si te operas...! –intervino Andrea en tono abiertamente despectivo–. Ni Julia ni yo estamos dispuestas a aguantarte un minuto más, y te garantizo que si ella no levanta ese teléfono, lo hago yo. Recuerda que salí un par de veces con Fernando y sé muy bien la clase de cerdo que es, y que antes de perder su puesto te corta en rodajas.

El otro reflexionó unos instantes, pareció llegar a la conclusión de que la partida estaba perdida, y decidió intentar una honrosa retirada.

–¡Está bien! –admitió–. Recogeré mis cosas y os dejaré una semana para pensarlo. Entonces volveremos a hablar.

–No tenemos nada que pensar –replicó Julia con desconcertante sequedad–. Ni tú nada que recoger. Cómprate un cepillo de dientes por el camino y vete a un hotel. Mañana te enviaré tus cosas.

Mauro Ortega dudó, pero al fin se encaminó hacia la puerta de la calle, aunque Andrea le detuvo con gesto autoritario:

–¡La llave! –pidió.

El otro la fulminó con la mirada, pero se limitó a dejar la llave sobre la mesita que estaba junto a la puerta, al tiempo que mascullaba:

–Esto no quedará así. Aún no se ha dicho la última palabra.

–Yo creo que sí –replicó Julia sin inflexión alguna en la voz.

–Eso lo veremos.

Salió cerrando de un portazo, y pasaron unos minutos antes de que Andrea lanzara un hondo suspiro de alivio e inquiriera con voz temblorosa:

–¿Qué vamos a hacer ahora?

Julia indicó con un ademán de cabeza las copas que continuaban intactas.

–De momento celebrarlo. No se debe desperdiciar así como así, una botella de auténtico Moët & Chandon, y creo que jamás encontraremos una oportunidad mejor de emborracharnos.

–He pasado la mayor parte de mi vida dando clases en la universidad, y un día caí en la cuenta de que Fray Luis de León podría muy bien salir de su tumba y repetir su famosa frase: «Decíamos ayer», puesto que nuestras universidades apenas han cambiado en siglos. Viejas aulas, viejos pupitres, viejas pizarras y una masificación que a veces me obligaba a hablar a gritos sin que ni aun así los de las últimas filas me oyeran.

El catedrático hizo una pausa para permitir que el camarero colocase ante él la ensalada que había pedido y, tras estudiarla como si en verdad estuviera preguntándose si le apetecía o no, añadió en idéntico tono:

–Fue entonces cuando empecé a plantearme la necesidad de cambiar el concepto que teníamos de universidad, para acabar por presentar en el Ministerio de Educación ese proyecto de reforma que ha dormido el sueño de los justos hasta hoy.

–¿El que pretenden resucitar? –quiso saber Julia, que parecía estar aguardando a que su humeante sopa se enfriase.

–Por lo visto. Seis años después «alguien» parece haber caído de improviso en la cuenta de que mis planteamientos solucionarían muchos y muy graves problemas.

–¿Qué tipo de problemas?

–En primer lugar, el de esa masificación que impide que una clase se desarrolle con un mínimo de eficacia. Durante los últimos años yo no tenía oportunidad de conocer a mis alumnos, ni ellos a mí. Eran demasiados, y cuantos se sentaban más allá de la quinta fila se convertían en una masa amorfa y susurrante. Lo mismo podían estar tomando apuntes que jugando a hundir barcos.

–¿Y cómo esperabas solucionarlo?

–Por medio de la «telemática». Durante un viaje de estudios a Japón asistí a una demostración de la televisión en alta definición, que me fascinó. Es tan perfecta que en una pantalla del tamaño de esa pared se perciben las imágenes como si se encontraran al otro lado de un cristal. Fue eso lo que me dio la idea. –El anciano clavó con el tenedor un pedazo de lechuga, se lo llevó a la boca, lo masticó muy despacio y por último señaló con calma–: Imagínate un aula con capacidad para unos cuarenta alumnos cuya pared del fondo fuera en realidad una inmensa pantalla de televisión. Desde esa pantalla un catedrático que tal vez se encontrase a cientos de kilómetros de distancia les iría explicando la asignatura, y si en un momento determinado un alumno deseara hacer una pregunta, no tendría más que alzar la mano. Inmediatamente, una cámara le enfocaría, y el catedrático recibiría su imagen y su voz. Se entablaría entonces un diálogo cara a cara en el que podrían intervenir más alumnos que se encontrasen tal vez en otras ciudades, ya que la gran pantalla se iría dividiendo a medida que nuevos alumnos interviniesen.

–Entiendo –admitió la locutora–. Pero imagino que montar todo eso exigiría unos gastos incalculables.

–En principio, sí –admitió el Viejo Zorro–. Pero ten en cuenta que si ese tipo de aulas se estableciesen en localidades que hoy en día carecen de universidad, se evitaría que sus estudiantes tuvieran que desplazarse, y al poder continuar viviendo en sus casas ahorrarían muchísimo dinero.

–Parece lógico.

–¡No sólo parece lógico! –le refutó su interlocutor–. Es lógico. Y al mismo tiempo se conseguiría que esos chicos no abandonasen sus ciudades, con lo que al concluir sus estudios se quedarían en ellas contribuyendo a desmasificar las capitales. –A medida que hablaba el hombrecillo parecía apasionarse más y más con sus propios argumentos, con los que al parecer se encontraba plenamente integrado–. Uno de los principales problemas de la sociedad actual –continuó al poco– estriba en el hecho de que la gente se empeña en abarrotar las grandes urbes, sin caer en la cuenta de que hoy en día ya no les ofrecen más que incomodidades. En una pequeña capital de provincias la vida es más cómoda, y las casas más baratas. Hay buenos cines y restaurantes mientras que las cadenas de televisión llegan a todas partes. Siempre se alega que no existen teatros ni museos, pero por desgracia ya casi nadie va al teatro, y la mayoría de los museos sólo se visitan una vez en la vida. Lo que importa es concienciar a la gente para que no despueble las ciudades pequeñas, y a mi modo de ver, montar en cada una de ellas una buena «universidad telemática» constituiría un paso decisivo.

–¿Te das cuenta de que lo que en realidad estás tratando de diseñar no es una universidad del futuro, sino más bien un mundo del futuro? –le hizo notar Julia.

–Sí, me doy cuenta –admitió el anciano sin el más ligero asomo de pedantería–. Pero también me doy cuenta de que resulta incongruente que vivamos en el mundo de la electrónica, el fax y los ordenadores, mientras la universidad continúa enseñando según métodos arcaicos. Fuera de las aulas un muchacho vive inmerso en el año dos mil, mientras que en cuanto entra en clase retrocede a la Edad Media. –Apartó a un lado su plato como si le fatigase continuar comiendo, para añadir–: Se supone que la universidad debe ir por delante de su tiempo, y no a remolque.

–Hay quien opina que su único papel es el de almacenar conocimientos y transmitirlos. No investigar.

–¿Quién tiene entonces la obligación de investigar? ¿Los particulares? Si dejamos en manos de la empresa privada el diseño del mundo en que debemos vivir, viviremos siempre en un mundo pensado para primar sus intereses. Pero si lo diseñamos únicamente en beneficio de la sociedad, las empresas privadas tendrán que adaptarse a ello, con lo cual todos saldremos ganando. –Hizo una corta pausa para añadir como si no estuviera muy seguro de su propia decisión–: Si me garantizasen que en seis meses se publicarían las conclusiones de la comisión sobre el coste económico de la diversificación universitaria y su repercusión social, aceptaría el trato.

–Un trato que te obliga a olvidar el tema del dinero negro, se me antoja inmoral –le hizo notar ella–. Hoy en día el principal problema de este país se centra en la corrupción, y mientras no consigamos atajarla no avanzaremos en ningún otro sentido. Admito que tu planteamiento del futuro resulta fascinante, pero no creo que pueda existir futuro sin presente.

–Volvemos a lo mismo –fue la desabrida respuesta del anciano–. Yo ya no estoy en disposición de concretar nada, ni con respecto al presente, ni al futuro. Soy como uno de esos sesudos doctores que teorizan mucho sobre el sexo, pero que a la hora de la verdad serían incapaces de conseguir una erección mínimamente presentable.

–Pues ya que has sacado el tema... –señaló Julia con sorprendente rapidez y desparpajo–. Empiezo a pensar que va siendo hora de que te decidas a llevarme a la cama.

–¿A la cama...? –fue la amarga pregunta no exenta de ironía–. ¿Para qué? ¿Para que descubras cómo un hombre al que se supone que admiras hace el más espantoso de los ridículos, o para intentar vengarte de un cretino? Soy un viejo –añadió con la misma naturalidad que si estuviera señalando que acababa de comenzar a llover–. Un viejo al que uno de los pocos valores que quedan es la dignidad con que ha sabido envejecer, y no te perdonaría que me privaras de ella –concluyó–. No por venganza.

–Sabes que te quiero.

–¡Lo sé! –admitió el catedrático sin el menor asomo de presunción–. Me lo has demostrado sobradamente. Lo que no sé, y creo que tú tampoco, es si también me deseas, o si en el fondo de tu alma te repele la idea de acostarte con un saco de pellejos.

–Sólo existe una forma de averiguarlo, ¿no crees?

–Hay cosas que es preferible continuar ignorando –replicó el anciano–. ¿Por qué correr el riesgo de estropear una hermosa amistad por algo que en el mejor de los casos, y confiando en que aún ocurran milagros, sólo durará unos instantes? –Negó con decisión–. A mí no me compensa –añadió–. Y creo que a ti tampoco.

–¡Pesimista!

–¡Realista, más bien! –la corrigió–. Yo no conozco a tu marido, pero imagino lo que puede haber sido tu relación con él y con esa preciosa muchacha que he visto en infinidad de anuncios. ¿Cómo pretendes que aspire a competir con ellos?

–Todo eso quedó atrás y lo aborrezco –sentenció Julia con una seguridad que no dejaba lugar a dudas.

Guillermo López-Navarro se golpeó repetidamente la sien con el dedo índice, y se diría que también tenía muy claro de qué estaba hablando.

–¡Lo aborreces con esto! –puntualizó–. Tu mente lo rechaza, pero por desgracia no estamos hechos únicamente de cerebro. Existen otras cosas, y cuando decidas acostarte con un hombre, debe ser alguien que te haga olvidar desde el primer momento cuanto has dejado atrás. De lo contrario esos recuerdos te perseguirán hasta la tumba.

Aunque en esos momentos le doliera, la locutora se vio en la necesidad de reconocer que el Viejo Zorro tenía una vez más razón, ya que habría constituido un terrible error pasar de la noche a la mañana de una cama compartida con el experto Mauro y la excitante Andrea, a otra ocupada únicamente por un anciano que a duras penas conseguiría, con mucho esfuerzo, brindarle un simulacro de orgasmo. Estaba íntimamente convencida de que, aun sin desearlo, a su memoria acudiría de inmediato el recuerdo de escenas irrepetibles, y fue en esos momentos cuando abrigó el convencimiento de que el daño que Mauro Ortega le había causado se mantendría en lo más profundo de su ser cualquiera que fuera el esfuerzo que hiciera por olvidarlo.

–Por una vez me gustaría que no fueras tan listo –masculló al fin.

–No es que sea listo –replicó él–. Es que pese a que la distancia física entre la cabeza y la entrepierna no suela pasar de un metro, a menudo psíquicamente resulta abismal, y sólo los años saben tender un puente sobre ese abismo. –Le sonrió con infinita ternura, como podría haberlo hecho a la hija que siempre deseó tener y nunca tuvo–. Acabas de separarte de tu marido y es lógico que te sientas como el náufrago que se ha caído al mar, pero no por ello tienes que agarrarte a lo primero que veas. –Le tiró suavemente de la oreja como solía hacer cuando la reñía–. ¡Nada un poco! –añadió–. Nada hasta que encuentres una auténtica tabla de salvación que no te arrastre al fondo.

Pero no existían tablas de salvación en las proximidades, sino un océano en apariencia cada vez más tenebroso, puesto que en el momento de regresar a casa se enfrentó a una demacrada Andrea Ferreira, que lo único que hizo fue indicar con desgana la enorme fotografía que descansaba sobre la mesa del salón.

–Ha llegado hace un rato –dijo.

Julia la tomó, y a punto estuvo de darle un vahído, puesto que en ella se la veía con total nitidez en una obscena postura y teniendo por compañera de juegos eróticos a la propia Andrea.

–¡Dios Bendito...! –sollozó dejándose caer como un fardo en un sillón–. ¿Cómo es posible?

–Debió de tomarla en Ibiza, aquel día en que insistía tanto en que hiciéramos el amor a media tarde –señaló la muchacha–. Fíjate en las flores de la terraza; recuerdo que había un armario que casi siempre quedaba abierto. Sin duda escondió en él la cámara y la disparó cuando iba al baño.

–Pero ¿por qué? ¿Para qué?

–Para esto; hacernos chantaje cuando nos cansáramos de él, pero conmigo no le vale.

–¿Qué piensas hacer?

–Irme.

–¿Irte...? –se horrorizó Julia–. ¿Adónde?

–A París. Dominique Chantal me ofreció hace tiempo un contrato en exclusiva que nunca quise aceptar. –La hermosa modelo se encogió de hombros con gesto de resignación–. Por ti, por Hugo y por Mauro. Ahora ni Hugo ni Mauro cuentan, pero esa foto me ha hecho comprender que es preferible que me aleje de ti. –Lanzó un hondo suspiro e hizo un esfuerzo por sonreír en lo que resultó una mueca–. Quizá no debería decírtelo, pero debo aceptar que tener tan presente lo que hacíamos me ha excitado mucho más de lo que habría deseado.

Se hizo un incómodo silencio en el que resultó evidente que ninguna de las dos sabía exactamente qué actitud adoptar hasta que fue la propia Andrea la que lo rompió de mala gana mientras jugueteaba con un cigarrillo que se le cayó dos veces sobre la falda antes de conseguir encenderlo.

–Estoy convencida de que no soy lesbiana –musitó–. El simple hecho de pensar en que una mujer me toque me repugna, pero en lo que se refiere a ti, las cosas resultan muy diferentes, puesto que puedo evitar que acudan a mi mente cosas que preferiría olvidar. –Se puso en pie cansinamente–. Será mejor que me vaya cuanto antes.

Esa misma tarde Julia la acompañó al aeropuerto. Al verla partir experimentó la extraña sensación de que había sido traicionada por alguien que con su deserción la dejaba terriblemente desamparada, y mientras conducía de vuelta a la ciudad cayó de improviso en la cuenta de que de su vida privada anterior –buena o mala– ya nada quedaba, al tiempo que de la pública se sentía completamente hastiada.

En cierto modo envidió a una Andrea que demostraba ser capaz de tomar una súbita decisión, meterlo todo en un par de maletas y cambiar de vida por el simple procedimiento de cambiar de ciudad, pues le constaba que ella, tal vez por temperamento, o más bien por edad, nunca tendría el valor suficiente como para arrancar tan de cuajo sus raíces.

De nuevo en la casa se concentró en observar largo rato la asquerosa fotografía, tratando de descubrir si de alguna forma le excitaba tal como al parecer le había ocurrido a Andrea, pero sólo llegó a la amarga conclusión de que lo que en verdad sentía era un profundo desasosiego al imaginar lo que ocurriría si Mauro decidía hacerla pública.

Le creía muy capaz.

Conociéndole como le conocía estaba convencida de que jamás se resignaría ante el hecho de que le había apartado de su vida por la fuerza, y le constaba que era un hombre profundamente rencoroso que no dudaría a la hora de destruir incluso a quien había compartido con él tantos años de luchas y sinsabores.

Resultaba evidente que Andrea también lo sabía, y quizá por eso había optado por ponerse a salvo dejando que fuera Julia quien cargara con todo el peso de la venganza.

Pero no la culpó por ello, puesto que aunque siguiera siendo evidentemente una traición, se veía obligada a admitir que se trataba, al fin y al cabo, de una traición bastante comprensible, puesto que resultaba lógico que una muchacha hermosa e inteligente que tenía todo un prometedor futuro por delante no quisiese correr el riesgo de que un estúpido error de juventud pudiera marcar el resto de su vida.

Para Andrea Ferreira aquella extraña relación a tres había comenzado casi como un juego que poco a poco se había ido complicando, mientras que, por el contrario, Julia Andrade tuvo plena conciencia desde el primer momento de que permitir que su marido trajera a una mujer a casa significaba la traumática ruptura de la columna vertebral de sus más arraigadas convicciones.

Y al propio tiempo debía aceptar que estaba claro que «la conocida modelo» Andrea Ferreira no tenía por qué dar cuenta a nadie de sus actos, mientras que, por su parte, «la famosa presentadora» Julia Andrade sí que tenía la obligación de dárselas a los millones de telespectadores que confiaban en ella.

¿Qué pensarían si semejante fotografía llegaba a la redacción de un cierto tipo de publicaciones, y qué sentirían al descubrir que aquel rostro tan familiar y tan amigo no era en realidad más que una máscara?

En unos tiempos en que los mitos sociales iban cayendo uno tras otro y las cárceles se llenaban de nombres que hasta muy poco tiempo atrás habían constituido el espejo en el que una inmensa mayoría habría deseado contemplarse, Julia Andrade había sabido mantenerse por encima de todo tipo de escándalos, constituyendo para muchos un ejemplo vivo de cómo una valiente mujer de su tiempo alcanzaba el éxito sin necesidad de hacer concesiones.

En los ya lejanos días de los «sobacos ilustrados», cuando la mayoría de los miembros de su entorno profesional andaban a todas horas con un ejemplar de *El País* bajo el brazo, convencidos de que ese simple detalle les confería un cierto estatus intelectual, ella nunca tuvo necesidad de ejercer de «progresista», pese a lo cual sus opiniones siempre fueron escuchadas con deferencia, puesto que había sabido ganarse una bien merecida fama de periodista eficaz, honrada, práctica y directa.

Gracias a ello había llegado a ocupar el privilegiado lugar que ocupaba en el confuso –y con harta frecuencia excesivamente fugaz– firmamento de las estrellas de la comunicación, por lo cual resultaba lógico imaginar que a quienes la conocían, que eran prácticamente la inmensa mayoría de los españoles, les decepcionaría dolorosamente descubrir que tras una apariencia tan apacible se escondiera una realidad tan sórdida.

Sentada a solas en el inmenso salón de una preciosa casa que le había costado años pagar, y que constituía en cierto modo la irrefutable demostración del alcance de sus triunfos, se entretuvo en ir rompiendo en miles de diminutos fragmentos la prueba evidente de su tremendo fracaso, preguntándose al propio tiempo cómo era posible que una sucia instantánea tomada furtivamente en una décima de segundo pudiera tener la fuerza suficiente como para destruir la labor de una larga vida de trabajo y sacrificio.

Sin saber por qué le vino a la mente la frase que le susurró su padre en el momento en que le concedieron por primera vez el premio a «La Presentadora de Televisión del Año»:

–Recuerda hija, que alumbra más una vela en el tejado que una hoguera en el sótano.

Durante más de una década había sabido mantenerse en lo más alto del tejado, sin mostrar el color de la luz de su vela, y durante casi un lustro había conseguido mantener el resplandor de su hoguera en el más profundo sótano, pero he aquí que ahora ese fuego amenazaba con devorar desde los mismísimos cimientos a la última viga del carcomido caserón de su existencia.

Al anochecer sonó el teléfono, y lo tomó segura de quién estaba al otro lado.

–¿Dime?

–¿Qué pensáis hacer?

–Andrea se ha ido.

–¿Adónde?

–A donde nunca puedas encontrarla –replicó con brusquedad–. Tendrás que buscarte otro par de estúpidas, porque lo que es yo, tampoco quiero volver a verte.

Se hizo el largo silencio que sin duda Mauro Ortega necesitaba para hacerse a la idea de que las cosas no estaban saliendo tal como había imaginado, y al fin inquirió roncamente:

–¿Por qué no lo olvidamos todo y empezamos de nuevo?

–Antes me tiraría por la ventana, si no se tratara de un chalet –sonrió con amargura–. Pero siempre puedo encontrar un edificio de veinte pisos.

–Sigo siendo tu marido.

–Eso es lo que más me duele –le hizo notar–. Que de los millones de hombres que existen en el mundo precisamente tú tengas que ser mi marido... ¿Qué piensas hacer con esa foto?

–Eso depende de ti –fue la tranquila respuesta–. Cuando alguien se presta a algo tan sucio debe estar dispuesto a asumir las consecuencias por mucho que tarden en llegar.

–¡Hijo de puta!

–Por ese camino no vamos a parar a ninguna parte –puntualizó el otro en un tono abiertamente amenazador–. Si he llamado es porque no quiero escándalos, pero si te empeñas, los habrá.

–¿Realmente crees que te nombrarán director de cadena si esa mierda sale a la luz?

–Lo dudo. Pero también dudo que me quiten el cargo si se publica cuando ya haya sido nombrado. Al fin y al cabo, ¿qué culpa tengo yo, pobre de mí, de que mi mujer se liara con su mejor amiga?

Al día siguiente llamó a Sebastián Centeno para comunicarle que se sentía indispuesta, por lo que pensaba tomarse libre la semana de vacaciones a que aún tenía derecho, y desconectando los teléfonos se encerró decidida a no poner el pie en la calle hasta no tener perfectamente claro cómo iba a afrontar la compleja situación que se le había planteado.

Sólo había una cosa de la que estaba absolutamente segura: nunca, bajo ninguna circunstancia, volvería con Mauro Ortega, aunque ello significase el fin de su vida profesional.

«Nunca, nunca, nunca.»

Lo escribió más de cien veces en una gran libreta, y cada vez que lo hacía abrigaba la esperanza de que a continuación añadiría una brillante idea que le permitiese encontrar un camino por el que escapar del laberinto, pero aunque escribir era una fórmula que por lo general solía darle excelentes resultados, en esta ocasión lo único que se le ocurría era volver a poner la palabra «nunca» una vez más.

Y es que lo que en realidad le apetecía era olvidarse de todo para regresar al viejo caserón familiar y a los caballos, aunque le constaba que semejante actitud acabaría por convertirse en la agónica espera de un escándalo que alcanzaría proporciones infinitamente más amargas si se veía obligada a compartirlo con sus seres queridos.

Trató de imaginar a su padre y sus hermanos amenazando con disparar sobre la nube de periodistas que correrían a intentar hacerle una foto e inquirir si realmente era lesbiana, y se sintió incapaz de sostener la mirada de su padre cuando le preguntara en silencio cómo había podido llegar a unos extremos de degradación moral tan inimaginables para ella.

Meditó luego largamente sobre la posibilidad de vender la casa y marcharse a algún país suramericano en el que iniciar una nueva vida, e incluso por un brevísimo instante le pasó por la mente la idea de castigar a Mauro suicidándose tras dejar una larga carta a la prensa en la que explicara los auténticos motivos que la empujaron a tomar tan dramática decisión.

Pero ninguna solución se le antojó correcta, puesto que nada había sido correcto desde el momento mismo en que aceptó meterse en la cama con Andrea Ferreira.

Al tercer día un preocupado Guillermo López-Navarro golpeó insistentemente a la puerta y pareció cambiar de color al advertir su lamentable aspecto.

–¡Dios Bendito! –exclamó horrorizado–. ¿Qué te ocurre? ¿Estás enferma?

–De asco.

Le invitó a pasar y mientras preparaba café le hizo un somero relato de cuanto había ocurrido desde la última vez que se vieron, por lo que el pobre anciano quedó tan anonadado que por unos instantes pareció incapaz de ordenar correctamente sus ideas.

–¿Estás convencida de que sería capaz de mandar a la prensa una foto tuya haciendo el amor con otra mujer? –quiso saber al fin.

–Completamente.

–¡No puedo creerlo!

–Si lo conocieras, lo creerías.

El viejo catedrático apuró su café con tanta ansia que se diría que lo necesitaba para conseguir asimilar tan desconcertante revelación, y al concluir se quedó observando el fondo de la taza como si allí pudiera encontrar respuesta a las docenas de preguntas que bullían en su cerebro.

–Me cuesta aceptar que exista alguien capaz de destruir de ese modo a la persona con la que ha compartido media vida –musitó al fin–. Me cuesta mucho.

–A mí no –señaló ella con sorprendente tranquilidad–. Sobre todo teniendo en cuenta que en el fondo de su alma Mauro siempre quiso destruirme. –Hizo una corta pausa que pareció dedicar a analizarse a sí misma y llegar al fondo de lo que deseaba decir, y cuando continuó lo hizo en idéntico tono de firmeza–: Mauro consideraba injusto que me hubiera convertido en la estrella de los telediarios, mientras que él, que había sido mi maestro, fracasaba. Cuanto más subía yo, más se hundía él, y a la larga eso es algo muy difícil de asimilar por un hombre. Si hubiera sido arquitecto, médico o abogado tal vez habría conseguido superar mi éxito, pero como nos dedicábamos a lo mismo le fue carcomiendo el alma.

–¿Hasta el punto de querer hundirte? Se me antoja muy duro.

–Lo es, pero en estos días he llegado a la conclusión de que tal vez ése sea el origen de todos los problemas. Hubo un tiempo en que me hallaba tan absorbida por mi trabajo que no le dedicaba toda la atención que necesitaba, teniendo en cuenta que estaba pasando por un mal momento profesional. Yo hacía las funciones de hombre que trae el dinero, y él de mujer que cuida del hogar. –Chasqueó la lengua y sacudió la cabeza–. ¡Y eso nunca funciona! Un buen día conoció a una muchachita que acababa de ganar un concurso de belleza y que se dejó deslumbrar por alguien que pese a todo continuaba siendo brillante. Ocurrió lo que tenía que ocurrir, y resultaría absurdo negar mi parte de culpa en ello.

–¿Y qué tendrías que haber hecho? –fue la inmediata pregunta–. ¿Hundirte con él? –El hombrecillo negó una y otra vez al tiempo que se encaminaba al bar para servirse un whisky con hielo–. Gracias a ti ha vivido en una casa espléndida y ha tenido ocasión de encontrar un buen trabajo. –Bebió despacio y al concluir añadió convencido–: Tú hiciste lo correcto al aprovechar la oportunidad que te daban.

–Debería haberle dedicado más tiempo.

–No estoy de acuerdo. En una relación matrimonial lo importante no es el tiempo material que le dedicas a tu pareja, sino la intensidad con que lo haces. El exceso de horas no compensa la falta de cariño.

–Puede que tengas razón, pero tal vez tampoco supe demostrarle la verdadera intensidad de ese cariño.

–¿Y aceptar que trajera a otra mujer no le pareció suficiente demostración? –se asombró el catedrático–. ¡Pues no sé qué más pretendía! ¿Qué piensas hacer ahora? –quiso saber por último.

–No tengo la menor idea –fue la sincera respuesta–. No hago más que pensar, y lo único que he sacado en claro es que no sé qué pensar. –Su voz sonó totalmente sincera al añadir–: Y te aseguro que ya no lo siento por mí, que al fin y al cabo lo tengo merecido, sino por toda esa gente que siempre me ha tenido por una persona decente. Les están obligando a vivir entre la mierda de docenas de escándalos de todo tipo, y ahora vengo yo a añadir un poco más de mierda al escenario.

–Se trata de tu vida privada.

–Alguien como yo no tiene derecho a ese tipo de «vida privada» –le hizo notar Julia–. Una presentadora de televisión a quien millones de personas han otorgado su confianza no debería hacer ciertas cosas.

–¡Oh, vamos! –protestó el anciano–. Al fin y al cabo ser presentadora de televisión no es más que un trabajo.

–¡Te equivocas! –le rebatió convencida–. Después de tantos años he llegado a la conclusión de que cada vez que me coloco ante una cámara no estoy haciendo «un trabajo»; estoy entrando a formar parte de millones de hogares en los que, como tú dijiste, soy ya casi un miembro de la familia, y debería dar ejemplo. –Esbozó una mueca en la que parecía estaba burlándose de sí misma–. Yo, que alardeaba de ser incapaz de fingir ante las burdas mentiras de un ministro, descubro ahora que he sido la que más ha mentido. Y mi responsabilidad era infinitamente mayor, puesto que se supone que a un ministro lo nombran para que mienta, mientras que a mí me eligieron porque se supone que digo la verdad.

–No creo que nadie te haya preguntado nunca si te gustan o no las mujeres. –La miró de frente–. ¿O es que acaso te gustan?

–Las mujeres, no. –Julia hizo una breve pausa para añadir con absoluta calma–: Andrea, sí, y sería una hipócrita si negase que aunque haya pasado, hubo un tiempo en que me gustaba hacer el amor con Mauro y con ella. Era excitante... ¡Muy excitante!

–Entiendo.

–¿Realmente lo entiendes?

–¡No soy estúpido! –protestó el Viejo Zorro–. También a mí me habría excitado hacer el amor con dos mujeres hermosas. –Sonrió con intención–. Siempre que ninguna de ellas hubiera sido mi esposa, claro está.

–Una respuesta típicamente burguesa.

–¿Y qué esperabas de un catedrático jubilado...? –rió el anciano–. Pero vayamos a lo que importa. Creo que deberías marcharte una temporada.

–¿Marcharme? –se sorprendió ella–. ¿Adónde?

–¡Lejos! Donde quiera que sea, pero lejos de Madrid. O de París.

–¿Y qué solucionaría con eso?

–Que tu marido dispusiera de tiempo para comprender que una venganza tan absurda no conduce a nada, y que lo que ya ha terminado, terminado está.

–¡No lo hará!

–¡Inténtalo! Lo peor que puedes hacer es quedarte, hablar con él o permitir que te vea cada vez que enciende el televisor. Si le nombran director de cadena se sentirá importante, conocerá nuevas mujeres y acabará por llegar a la conclusión de que el primer perjudicado con el escándalo sería él mismo.

–Tal vez tengas razón.

–Estoy seguro de tenerla.

–¿Y adónde podría ir?

–El mundo es muy grande. Y hay sitios preciosos.

–No me veo vagando por playas tropicales buscando un hombre que me sirva de consuelo –señaló Julia con visible amargura–. ¿Vendrás conmigo?

–Sería un error. Aparte de hacer el ridículo, tu marido no tardaría en averiguar que estamos juntos, y los celos, aunque sean celos de un viejo tan zarrapastroso como yo, acostumbran a nublar la razón. –El anciano pareció tener una súbita idea y añadió–: ¿Conoces Las Vegas?

–Las Vegas, de Nevada –se sorprendió ella–. Nunca he estado, pero no me parece que sea el lugar más apropiado para mí en estos momentos.

–¿Por qué no? –quiso saber el hombrecillo de los ojos azules–. En Las Vegas hay hoteles prodigiosos, los mejores espectáculos del mundo, y puedes jugar a cuanta cosa te pase por la cabeza… ¿Te gusta el juego?

Julia se encogió de hombros.

–Algunas veces voy al casino, pero no es algo que me vuelva loca.

–¡Mejor así! Los auténticos jugadores no suelen disfrutar de cuanto ofrece Las Vegas. –Guillermo

López-Navarro sonrió entusiasmado–. ¡A mí me encanta! He pasado allí días fabulosos, y el Caesar's Palace me invita cada año con pasaje en primera clase y todos los gastos pagados. ¡Te regalo el viaje! –añadió–. ¡Vete a Las Vegas, sumérgete en aquel marasmo, atúrdete y olvídate de todo!

La locutora meditó la propuesta como si estuviera sopesando los pros y los contras de un viaje que jamás se le hubiera pasado por la mente llevar a cabo en otras circunstancias. En principio se mostraba de acuerdo sobre el hecho de que lo mejor que podía hacer era alejarse por un tiempo de Madrid, pero no parecía tener muy claro que una ciudad de la que había oído contar tantas cosas sorprendentes pudiera ser su destino lógico en semejantes circunstancias.

–Preferiría un lugar tranquilo en el que tener tiempo para pensar –musitó al fin.

–¡No hay nada que pensar! –le contradijo tercamente el anciano–. Pensar es lo último que debes hacer en estos momentos, porque resulta evidente que pensando no vas a solucionar nada, y corres el riesgo de volverte loca. Es Mauro quien tiene que tomar una decisión sobre esa maldita fotografía, y lo único que tienes que hacer es esperar lejos de aquí. –La tomó de las manos apretándoselas con afecto–. ¡Hazme caso, por favor! –suplicó–. ¡Vete a Las Vegas! ¡Te encantará!

–¡Caray, qué pesado! –le reprendió ella–. ¡Cualquiera diría que llevas comisión sobre lo que pierda!

–Te saldrá gratis –le tranquilizó el viejo–. Y te daré tres mil dólares para que me los juegues a la ruleta. Iremos a medias si los apuestas al ocho.

La locutora le observó como si estuviera tratando de averiguar si se encontraba en sus cabales.

–La verdad es que no te entiendo –señaló–. Cualquier hombre daría saltos si le pidiera que me llevara a la cama, y tú lo único que haces es mandarme a Las Vegas –encendió un cigarrillo y al cabo de unos instantes inquirió–: ¿Qué piensas hacer con respecto a la propuesta del ministerio?

–La he rechazado –replicó el catedrático con naturalidad–. Argumentan que la «Comisión» necesitará por lo menos un año para emitir su dictamen, y no dispongo de tanto tiempo.

–¿Es que te ocurre algo? –quiso saber ella alarmada–. ¿Te sientes mal?

–¡Oh, no! –fue la evasiva respuesta–. Pero es que quiero dedicar toda mi atención al tema de la sequía.

–Te estás obsesionando.

–No estaría de más que algunos españoles empezaran a obsesionarse de igual modo –señaló el anciano con sorprendente calma–. Las Naciones Unidas acaban de emitir un comunicado según el cual el «Efecto Invernadero» está provocando un recalentamiento generalizado de la tierra. El nivel de los océanos asciende tres milímetros al año, los glaciares se retiran, cada vez llueve menos, y cuando llueve lo hace de forma torrencial provocando inundaciones como la que acaba de ahogar a media Europa –agitó la cabeza con evidente preocupación–. Y según ese mismo informe, el país que más directamente sufrirá el efecto de la desertización, será el nuestro.

–No lo sabía –se sorprendió Julia.

–Porque te encierras a autocompadecerte, en lugar de hacer tu trabajo –le reprendió el otro–. Pero no te inquietes, al igual que tú, cada españolito se encierra en sus propios problemas, sin detenerse a pensar que como no hagamos algo, nuestros hijos no tendrán ningún tipo de problema que no se refiera a procurar sobrevivir como lo están haciendo los nómadas del subdesierto sahariano.

–¡Exageras!

–¿Exagero...? –repitió el Viejo Zorro en tono irónico–. ¡Ojalá exagerara! Aún recuerdo cuando países como Senegal, Mali y Níger no se habían convertido en un desierto, y cuando el Chad era un lago inmenso y no un charco hediondo. ¡Y nadie me lo ha contado! ¡Lo he visto yo!

–¡No es posible! –protestó ella–. ¿Pretendes hacerme creer que la desertización avanza tan rápidamente?

–Día a día, y metro a metro. Casi a ojos vista. Y ten por seguro que como la situación siga el camino que lleva, en Andalucía, Murcia y Extremadura puede producirse un fenómeno semejante al «Cuenco de Polvo» que estuvo a punto de acabar con el Medio Oeste americano.

–¿Qué es un «Cuenco de Polvo»?

–Un efecto más de las sequías prolongadas. Cuando la tierra reseca no se fija al suelo por la humedad o las raíces de las plantas, comienza a convertirse en polvo que el viento arrastra de aquí para allá cubriendo cada vez más extensiones y marchitando la vegetación de las regiones vecinas.

Resultó evidente que la explicación impresionaba a su interlocutora, que tomó asiento en uno de los taburetes y encendió un cigarrillo sin apartar los ojos del hombrecillo.

–¡Pero todo eso suena inquietante! –exclamó con un leve estremecimiento.

–¡Es que lo es! –ratificó el catedrático–. La desertización es como el cáncer de piel de la tierra, que se va extendiendo imparablemente hasta aniquilar toda forma de vida. Ahora las Naciones Unidas nos avisan que ese cáncer nos afecta, y ante eso todo lo demás debería quedar a un lado. La manida frase «Salvar España», no debe aplicarse ya a los comunistas o los fascistas sino a un enemigo mucho más fuerte y peligroso que cualquier ideología política: la desertización.

–¿Y qué es lo que se puede hacer?

–En primer lugar crear un auténtico «Ministerio del Agua». En lugar de tanto absurdo «Ministro de Relaciones con las Comunidades» o «Con las Cortes», debería existir un «Superministro del Agua», encargado de estudiar y solucionar el problema desde el punto de vista de que es «pura y exclusivamente nuestro», por lo que debemos enfrentarlo con decisión y con fórmulas propias, teniendo presente qué es lo que tenemos, y cómo podemos aprovecharlo al máximo.

–Tal como se están poniendo las cosas es una opción que habría que pensar –reconoció la locutora–. El agua empieza a ser prioritaria.

–¡Pero no hay que pensarlo! –se indignó el anciano–. ¡Hay que hacerlo! Hay que nombrar a alguien que sea capaz de entender que si un ama de casa andaluza quiere ducharse y lavarse el pelo tiene que poder hacerlo aunque pague dos pesetas más por un agua de primera calidad. Y que una de esas dos pesetas deberá servir para que un campesino andaluz obtenga un agua de no tanta calidad, pero que le permita regar sus lechugas o sus olivos. ¡Es cuestión de inteligencia y planificación!

–Todo eso me parece muy bien –admitió su interlocutora que estaba un tanto desconcertada por la pasión que en esta ocasión ponía su fatigado amigo a la hora de exponer sus argumentos–. Pero el caso es que si no llueve y no hay agua, «no hay agua». ¡Ni buena ni mala, ni nada!

–¡Pues habrá que fabricarla!

–¿A base de «barcos desalinizadores»?

El Viejo Zorro afirmó con un ademán de la cabeza.

–Ésa sería una de las fórmulas para casos de emergencia. Media docena de barcos que acudieran allí donde se les necesitase resolviendo los problemas más acuciantes, pero creo que a la larga no bastaría. Habría que sacar el agua de otra parte.

–¿De dónde?

–Del mar y de la tierra.

–No te entiendo.

–Es una idea que podría convertirse en mi mejor legado a la humanidad.

–Cuéntamela... –Ante la renuente actitud de su interlocutor, insistió caprichosa–. ¡Por favor!

Guillermo López-Navarro dudó unos instantes, pero al fin hizo un leve gesto casi de resignación al inquirir:

–¿Recuerdas lo que hablamos sobre las plantas «desalinizadoras»? –Julia asintió y por lo tanto continuó en idéntico tono–: Como te expliqué aquel día, su principal problema estriba en su alto coste, tanto de montaje, como de consumo de energía. –Lanzó un corto resoplido–. Para que una planta de «ósmosis inversa» funcione, lo más importante estriba en que la presión del agua sobre las «membranas semipermeables» supere los sesenta kilos por centímetro cuadrado, y conseguir dicha presión es lo que en verdad encarece el proceso de producción por el tremendo gasto de electricidad que exige. –El anciano se tomó un descanso, como si le angustiara hablar tanto, aunque al poco hizo un esfuerzo para continuar–: Basándome en ello he llegado a la conclusión de que subir agua desde una profundidad de seiscientos metros, resultaría infinitamente más económico que impulsar esa misma agua a presión a través de esas «membranas». ¿Entiendes de lo que estoy hablando?

–Me esfuerzo... –sonrió ella.

–La base de mi idea se centra en taladrar cerca de las costas una «batería de pozos» de unos dos metros de diámetro y poco más de seiscientos de profundidad debidamente entubados para evitar derrumbes y resistir la presión. Cuando esos «pozos» se llenaran hasta los bordes de agua de mar por medio de una sencilla canalización, en su parte más baja se produciría una presión de sesenta atmósferas; es decir, una atmósfera por cada diez metros de columna de agua, equivalente a esos sesenta kilos por centímetro cuadrado que necesitamos. –Le guiñó un ojo–. Si en esa parte baja se colocaran entonces las «membranas semipermeables», se obtendría agua «desalinizada» cuyo único coste sería el de volverla a subir a la superficie.

–¿Estás seguro de que es así?

–Si las leyes físicas no mienten, sí. Diez metros de agua siempre constituirán una atmósfera de presión. ¡Seiscientos metros, sesenta atmósferas! La esencia de mi idea estriba en que sea el agua la que, por su propio peso, haga el trabajo. El resto es simple mecánica. Hoy en día se están buscando «acuíferos» a cuatrocientos metros de profundidad, pese a que serán siempre «acuíferos» agotables. Pero teniendo cerca el mar, estos otros «pozos de agua de mar» nunca se agotarían. Al ser el mar infinito y la presión atmosférica eterna, jamás les faltaría ni la materia prima, ni la energía. Cada uno de esos pozos estaría produciendo durante más de cien años de una forma ecológica y no contaminante con el único gasto del mantenimiento.

–¿Y cómo harías ese mantenimiento de los filtros allá abajo? Porque supongo que habrá que limpiarlos y quitarles la sal de tanto en tanto.

–¡Naturalmente! Pero si hay mineros que trabajan a dos mil metros de profundidad, ¿por qué no puede haber «aguadores» que lo hagan a seiscientos? Existiría una «galería de servicio» que corriese a todo lo largo de la «batería de pozos» y debajo se instalarían los depósitos en los que fuera cayendo el agua dulce que inmediatamente se recuperaría desde la superficie por medio de una sencilla bomba hidráulica.

–¡Nunca dejarás de sorprenderme! –se vio obligada a admitir la admirada Julia.

–En este caso mi intención no es sorprenderte sino intentar algo útil –fue la ya desganada respuesta–. Me consta que ningún gobierno se decidirá a cambiar el color del dinero para combatir la corrupción, ni se gastará miles de millones en nuevas universidades, pero también me consta que un presidente menos preocupado por salvarse a sí mismo que al país, acabará por nombrar un ministro capaz de aceptar que se deben buscar alternativas más lógicas que la de sacar a los santos en procesión y rezar para que llueva y los pantanos se llenen. Podemos aprender a sobrevivir con dinero negro, viejas universidades e incluso políticos corruptos, pero lo que está claro, es que nadie hasta ahora ha aprendido a sobrevivir sin agua.

–Me quedaré a ayudarte.

–En estos momentos, como mejor me ayudas es marchándote –Guillermo López-Navarro extendió la mano y le acarició con afecto la barbilla–. Pero te prometo que a tu vuelta tendré concluidos todos los detalles del proyecto y lo haremos público juntos. Al fin y al cabo, te he nombrado mi heredera universal.

–¿Que me has nombrado tu heredera universal? –se escandalizó Julia–. ¿Cómo se te ocurre semejante barbaridad? ¿Y tu hermana?

El otro lanzó una corta carcajada con el aire de un chiquillo que acaba de cometer una divertida diablura.

–¡No te alarmes! –señaló–. Tan sólo te he nombrado heredera de mi biblioteca y mis documentos. A mi hermana le dejo la casa, y al fin y al cabo es más rica que yo y nunca se gasta un duro. –Señaló hacia el dormitorio–. Y ahora ponte guapa que te voy a llevar a cenar a Lucio.

–No tengo ganas de salir –protestó Julia–. Ni siquiera para cenar en Lucio.

–¡Eso sí que no me lo creo! –le contradijo él–. Y puedes jurar que no voy a permitir que te quedes aquí encerrada y muerta de asco. Te arreglas y nos vamos. –Hizo un gesto indicando el conjunto de la casa–. ¿Puedo echar un vistazo? Quiero ver cómo vives. –Por último palmeó repetidas veces instándola a ponerse en pie–. ¡Vamos! –le urgió–. Tengo hambre y en cuanto regreses te pones a hacer las maletas. –Le dio una cariñosa nalgada en el momento en que pasaba a su lado–. ¡Te vas mañana! –concluyó.

–¿Mañana? –se asombró ella–. ¿Cómo me voy a ir mañana?

–En avión.

Guillermo López-Navarro era un hombre lo suficientemente persuasivo como para conseguir que, no al día siguiente, pero sí en la mañana del tercero, Julia abordase un avión con destino a Los Ángeles como primera escala en su largo viaje hacia Las Vegas, y sólo cuando a través de la ventanilla comenzó a observar las infinitas llanuras heladas de Groenlandia, en el sorprendente itinerario que seguían para llegar a la costa del Pacífico a través de la bahía de Hudson y Canadá, la locutora tomó plena conciencia de que, efectivamente, había emprendido un precipitado viaje hacia una ciudad disparatada, sin que aún tuviera muy claras las razones por las que lo había iniciado.

Pese a ello se sentía hasta cierto punto liberada, no sólo por el hecho de que estuviera dejando atrás incontables problemas personales, sino, y sobre todo, porque se alejaba de igual modo de un país sumido en el caos, y en el que le tocaba vivir muy de cerca el imparable deterioro de una ideología a la que en un determinado momento había estado excesivamente ligada.

Evocó con nostalgia los ya lejanos tiempos en los que le enorgullecía ser considerada la viva representación del socialismo, convencida de que estaba contribuyendo a la consolidación de los viejos conceptos de democracia, honradez y libertad que su padre supo inculcarle, pero no obstante, a aquellas alturas tenía ya plena conciencia de que no había sido más que uno de los incontables instrumentos que los farsantes habían sabido utilizar en su implacable avance hacia el poder. Eso hacía que en el fondo de su alma se sintiera mucho más engañada que el resto de sus compatriotas, puesto que ellos no tenían que arrepentirse de haber prestado su nombre y su imagen a un empeño que había resultado, a la larga, tan frustrante.

«Asesinos de sueños», había llamado en cierta ocasión Sebastián Centeno a quienes prostituyeron la ilusión con la que habían crecido los jóvenes de su generación, y aunque en aquel momento se le antojó una exageración, contemplando ahora las nevadas llanuras de Groenlandia se vio en la obligación de aceptar que la bárbara definición no había estado del todo desencaminada.

¿Quién podría resucitar un sueño tan profundamente enterrado bajo la gruesa capa de chapuzas, ambiciones y corrupción que se extendía ahora sobre el país como una losa mortuoria bajo la que yacían sus más queridas ilusiones?

¿Quién tendría el coraje y la inteligencia suficientes como para recoger del fango una bandera tan injustamente pisoteada y despertar una vez más el dormido entusiasmo de quienes habían dejado de creer en ella?

Buscó mentalmente un nombre y no lo encontró.

O tal vez sí lo encontró, pero sonrió para sus adentros al comprender que el astuto anciano de los ojos azules jamás se prestaría a liderar nada, puesto que siempre había sido el primero a la hora de desconfiar de todo tipo de liderazgos.

–Poder y honradez son como los platos de una balanza... –había asegurado en cierta ocasión–. Cuanto más sube uno más baja el otro, y nadie ha encontrado nunca el fiel que los equilibre. Me recuerdan esas jodidas duchas que no existe forma humana de graduar, y o te hielan, o te abrasan.

Le echaba de menos. Hacía apenas tres horas que se habían separado y ya notaba su ausencia, sabedora de que era la única persona de este mundo a la que podía contar con entera libertad cuanto pasaba por su mente.

La soledad y el no tener a nadie a quien hacer partícipe de sus miedos, era lo que en el fondo más le aterrorizaba del viaje que acababa de emprender, por lo que no le quedó más remedio que admitir que muy desesperada debía de encontrarse para haber acabado por aceptar que la obligara a subirse a aquel avión.

–¿Señorita Andrade...? El comandante me ha pedido que le diga que se sentiría muy honrado si quisiera usted visitar la cabina del mando.

Julia alzó el rostro hacia la amable azafata y sonrió asintiendo.

–Más tarde –dijo–. Ahora me gustaría descansar un rato.

Visitar la cabina de mando se había convertido en una especie de rutina cada vez que viajaba, pero tal vez ese pequeño detalle le obligó a recapacitar sobre lo que sentiría a partir del momento en que pusiera el pie en Estados Unidos y pasara a ser uno más de los millones de seres que transitaban por sus calles sin que nadie reparara en ellos.

Había conseguido acostumbrarse a vivir con un rostro que había aparecido casi todos los días durante casi quince años en casi todas las pantallas de televisión de casi todos los hogares de un país, y no tenía muy claro si conseguiría acostumbrarse de igual modo a vivir con un rostro que no le diría nada a cuantos se cruzasen en su camino.

Y que además no era, ni con mucho, el mismo rostro de quince años atrás.

Comprendió que tenía razón al tener miedo.

A Mauro Ortega le sorprendió encontrar la puerta de su casa abierta, pero más aún le sorprendió descubrir que un vejete de sobada chaqueta de pana y revuelta cabellera le saludaba con una tímida sonrisa mientras hacía un amplio gesto para que no permaneciera en el umbral.

–¡Adelante, adelante! –rogaba–. ¡Siéntese!

–¿Dónde está Julia? –preguntó el recién llegado con una cierta acritud–. Mi secretaria me ha dicho que me ha citado aquí a las seis.

–En la peluquería... –El desconocido indicó con un gesto el teléfono que descansaba sobre la mesa–. Acaba de llamar diciendo que no tardará.

–Usted debe de ser Guillermo López-Navarro, ¿no es cierto? –Ante el mudo gesto de asentimiento Mauro Ortega añadió con manifiesta acritud–: ¿Hace mucho que se acuesta con mi mujer?

–Por desgracia, hace mucho que no me acuesto con nadie –fue la humorística respuesta–. Odio perder el tiempo en tareas inútiles, y por eso odio estar ahora aquí. –Observó al otro de frente–. Su esposa me ha pedido que venga con la esperanza de que le convenza de que no siga adelante con ese sucio asunto de la fotografía.

–Eso es algo entre ella y yo –le hizo notar el otro secamente–. Y no admito injerencias.

–Pero debería detenerse a pensar en el daño que va a causar.

–¡Escuche! –puntualizó Mauro Ortega en una actitud casi grosera–. Si piensa seguir por ese camino me doy un paseo y vuelvo cuando haya llegado Julia. Con quien tengo que hablar es con ella, no con usted.

–En ese caso –musitó su interlocutor cansinamente–, será inútil que le pida que firme una declaración.

–¿Declaración? –se sorprendió el otro–. ¿A qué clase de declaración se refiere?

Guillermo López-Navarro extrajo un documento del bolsillo.

–Ésta, es la que admite que fue usted quien obligó a Julia a acostarse con Andrea y el autor de la foto.

–¡Pero bueno! –masculló Mauro Ortega en el colmo de la impaciencia–. Es usted mucho más tonto de lo que había imaginado. ¿Cómo imagina que voy a firmar eso?

El Viejo Zorro hizo un leve gesto de resignación al tiempo que se encaminaba al bar.

–Estaba convencido de que se negaría, y a decir verdad no abrigaba la menor esperanza de hacerle entrar en razón, pero al menos lo he intentado. Dejemos el tema. ¿Un whisky?

–Por favor.

–¿Con agua?

–Sólo hielo...

–Al menos con respecto al whisky tenemos los mismos gustos.

El catedrático sirvió dos vasos que colocó sobre una bandeja y fue a depositar sobre la mesita para regresar a cerrar la nevera y buscar un plato de aceitunas.

Lo dejó junto a la bandeja de la que ya Mauro Ortega había elegido uno de los vasos, y tomando delicadamente el otro paladeó sin prisas el excelente whisky de quince años.

–Siempre he considerado un crimen echarle agua a un buen whisky –señaló para añadir en el tono de quien habla por hablar–: ¿Qué tal las cosas por su ministerio?

–No muy bien. La situación es delicada.

–¡Lógico! La mayoría de los políticos, y que conste que no hago distinción de partidos o ideologías, son unos golfos o unos ineptos. –El estrafalario hombrecillo que ese día se mostraba más estrafalario en sus gestos y su actitud que de costumbre, volvió a beber despacio, como deleitándose, para añadir al poco–: Y en especial su ministro es de los más estúpidos que he conocido nunca. ¿Sabía que fue alumno mío?

–No. No lo sabía –admitió su interlocutor, sinceramente sorprendido.

–Pues lo fue –insistió el otro–. Un auténtico cretino que aún no entiendo cómo diablos consiguió acabar la carrera. –Rió, divertido–. ¡Bueno...! En realidad sí que lo entiendo, porque conozco muy bien todo lo que ha hecho desde el día en que ingresó en la universidad. –Aguardó a que Mauro Ortega apurara por completo su bebida, la concluyó a su vez y casi al instante insistió en un tono de voz que sonó notoriamente distinto–: Y como lo sé, y él sabe que yo lo sé, me he tomado la libertad de pedirle que, a cambio de mi silencio, reconsidere la idea de nombrarle para un alto cargo en televisión. –Sonrió malignamente–. Como ve, no tenía ninguna confianza en que usted me escuchase.

Mauro Ortega lo observó absolutamente estupefacto.

–¿Que ha hecho qué...? –inquirió temiendo haber oído mal.

–Que le he «aconsejado» a su ministro que le deje en la calle. De lo contrario, le daré tal cantidad de información a la prensa que quien no podrá encontrar trabajo ni de conserje será él. –El viejo abrió las manos al tiempo que se encogía de hombros–. Ha sido muy amable. Y muy comprensivo. –Consultó el reloj e hizo un leve gesto hacia el teléfono–. Al no tener nuevas noticias mías, a las seis en punto su secretaria lo llamará para comunicarle que está usted despedido.

–¡Qué estupideces dice! Ni siquiera sabe dónde estoy.

–¡Sí que lo sabe! –le contradijo el anciano como si estuviera hablando de algo que carecía de importancia–. ¡Naturalmente que lo sabe! Yo mismo me he ocupado de que lo sepa.

–Pero ¿por qué? –quiso saber el cada vez más confundido Mauro Ortega–. ¿Quién le ha dado derecho a meterse en mi vida...? ¡Es usted un hijo de puta!

Su relajado interlocutor asintió sin inmutarse en absoluto.

–¡Es posible! Pero tenga por seguro que no soy ni la mitad de hijo de puta que quien se dedica a hacer chantaje a su propia esposa.

Mauro Ortega se puso bruscamente en pie y comenzó a pasear por la amplia estancia con el aire de quien pretende imaginar que está siendo sometido a una broma de mal gusto pero sospecha que tal vez puede esconderse algo de verdad en tan incomprensible comportamiento.

–¿Realmente se le ha pasado por la cabeza que haciendo que me despidan va a convencerme de que firme esa declaración? –quiso saber–. ¡Es estúpido! Si fuera cierto, cosa que dudo, ésa sería la mejor manera de conseguir que me enfureciera para seguir adelante caiga quien caiga. ¿Es que no lo comprende?

–Sí, lo comprendo –admitió con desconcertante impasibilidad Guillermo López-Navarro, que se encaminó sin prisas al bar llevándose la bandeja con los vasos ya vacíos.

–¿Y se imagina que me voy a quedar tan tranquilo? –inquirió su interlocutor–. Pero ¿en qué coño está pensando?

–Tal vez esté pensando en «ordalías» –replicó el Viejo Zorro mientras comenzaba a servirse un nuevo whisky–. ¿Sabe usted qué es una «ordalía»?

–No tengo la más puñetera idea.

–No se avergüence por ello –le tranquilizó el anciano–. Se trata de una palabra que casi nadie conoce, puesto que cayó en desuso casi desde que en Europa dejaron de practicarse las «ordalías» a finales de la Edad Media. –Bebió con tanta calma que podría creerse que lo único que intentaba era incomodar a su interlocutor–. Aun así, en algunos países primitivos continúa constituyendo una práctica habitual y en Benin, que es por esencia el país de los venenos, están a la orden del día.

–¿Y a qué viene todo eso? –Mauro Ortega lanzó un resoplido de indignación–. La verdad es que no sé por qué diablos pierdo el tiempo con un chiflado que debería estar en un asilo.

Le interrumpió el repicar del teléfono y López-Navarro consultó su reloj y se limitó a hacer un gesto hacia el aparato.

–Es para usted. –Le guiñó un ojo–. La secretaria del ministro. Puntual como siempre.

Mauro Ortega se aproximó con cierto temor a la mesa, dudó como si el auricular pudiera morderle y por último alargó la mano y lo descolgó.

–¿Sí? –inquirió–. Sí, soy yo. ¡Dígame, Marta! Sí, entiendo, gracias. ¡No... no se preocupe por mí! ¡Y por favor, deje de llorar!

Colgó y se dejó caer en el sillón escondiendo el rostro entre las manos para permanecer largo rato tan abatido que podría creerse que estaba soportando todo el peso del mundo sobre sus espaldas.

–Pero ¿por qué? –se limitó a musitar al fin con un supremo esfuerzo–. ¿Por qué ha hecho eso?

–Porque cuando estás decidido a joder a los demás, debes aceptar que los demás pueden joderte –fue la tranquila respuesta–. De lo contrario sería un juego injusto.

–¿Pero es que no se da cuenta, pedazo de imbécil, que de este modo ya no me queda razón alguna para no seguir adelante? Entre Julia y usted me han hundido. ¡De acuerdo! Han conseguido joderme bien jodido. ¡Lo acepto! –Le miró de frente–.

¿Qué razón me queda ahora para no devolverle la pelota?

–La «ordalía».

–¿Vuelve con eso? ¿Qué diablos significa?

–Una «ordalía» no es, en realidad, más que lo que podríamos llamar un «Juicio de Dios»; es decir, que cuando no existe forma humana de demostrar la inocencia o culpabilidad de un reo, se le somete a una difícil prueba. Si sale vivo se supone que es inocente; si muere, se supone que «era» culpable. Poner la mano en el fuego no es, por lo tanto, más que la menos peligrosa de las «ordalías».

–¿Y qué tiene todo eso que ver conmigo?

–Que al encontrarme en la imposibilidad de establecer si es usted totalmente culpable de cuanto ha ocurrido, he optado por someterle a la más inapelable y temible de las «ordalías»: la «Ordalía del Veneno», para que sea Dios quien me lo aclare.

Mauro Ortega palideció hasta quedar blanco como el papel, observó al hombrecillo como si de pronto se hubiese convertido en un gigantesco ogro de terrorífico aspecto, y por último balbuceó apenas:

–¿Está queriendo insinuar que me ha envenenado?

–Más o menos –fue la respuesta, dicha en un tono absolutamente intrascendente–. Aunque como tampoco estaba muy seguro de si tengo o no derecho a juzgarle, decidí someterme yo mismo a ese juicio divino, de tal forma que, de esos dos vasos, sólo uno contenía veneno. Le aseguro que ignoro cuál. Fue usted quien escogió.

–¡No es posible!

El Viejo Zorro asintió con tanta calma que no cabía dudar de que hablaba completamente en serio.

–¡Lo es! Si eligió el vaso equivocado morirá, sin dolor, en poco más de cinco minutos. Pero si el vaso envenenado era el mío, seré yo quien muera. Un trato de lo más honrado. ¿No le parece?

–¡Está usted completamente loco! ¡Loco de atar!

–Sí, es muy probable que esté algo loco –reconoció su interlocutor–. Pero, al fin y al cabo... ¿quién no lo está en los tiempos que corren? –Guillermo López-Navarro se aproximó para tomar asiento en el sofá y añadir con la más pícara de sus sonrisas–: Aunque si quiere que sea sincero he de admitir que en este caso juego con una ligera ventaja. –Hizo una pausa, esperando alguna pregunta, pero como su contertulio parecía tan anonadado ante la posibilidad de que sólo le quedaran cinco minutos de vida que lo único que hacía era mirar fijamente a un punto de la pared, se animó a continuar–: En el caso de que fuera usted el muerto, yo desaparecería de aquí sin dejar rastro, ya que cuando vine a recoger a Julia para llevarla al aeropuerto me apoderé de una llave que estaba sobre esa mesita, y que es la que me ha permitido entrar.

Mauro Ortega pareció salir al fin de su abstracción para inquirir como entre sueños:

–¿Dónde está Julia?

–¡Lejos! ¡Muy lejos! Tanto que resultará imposible relacionarla con su muerte.

–Luego, lo de la peluquería era falso.

–¡Naturalmente! Fui yo quien llamó a su secretaria citándole aquí a las seis. Aproveché que estaba usted comiendo en Tataglia. Le seguí hasta allí.

–Cuida bien los detalles.

–¡Desde luego! –reconoció el Viejo Zorro–. Me gusta cuidarlos. Mi intención es que la policía llegue a la conclusión de que estaba usted en casa cuando recibió una llamada comunicándole que le habían despedido, y como resulta evidente que su esposa le ha abandonado, decidió suicidarse.

–Tiene usted una retorcida mente de asesino.

–¡No lo crea! Únicamente tengo una mente práctica. Y una mente práctica lo mismo sirve para el bien que para el mal.

–¿Y qué va a pasar ahora?

–Que si el muerto es usted, se acabaron los problemas.

–¿Y si lo es usted?

–Se acabaron los míos, pero empezarán los suyos, porque le advierto que para mí la muerte no significa gran cosa. He sufrido ya un par de infartos, me siento viejo y «cascado», y a lo más que aspiro es a arrastrar penosamente mis achaques hasta acabar en un asilo o en una silla de ruedas. Un futuro nada apetecible, téngalo por seguro. –Extendió la mano y palmeó al otro repetidamente en las rodillas, como si tratara de animarle–. ¡Pero el suyo, querido mío! El suyo sí que puede estar seguro de que va a constituir un auténtico calvario. –Chasqueó la lengua repetidas veces al tiempo que negaba una y otra vez con la cabeza–. Yo, en su lugar, casi preferiría estirar la pata de una vez.

–¿Qué está intentando decir con eso?

–Que de pronto se encontrará con un incómodo cadáver en casa. –El anciano hablaba de su muerte como si estuviese refiriéndose a una divertida película–. Al salir le he comentado a mi hermana que me extrañaba que me hubiera citado aquí, y si no regreso pronto se alarmará. –Se rascó repetidamente la nariz como si se le antojase una situación francamente inadecuada–. En buena lógica la policía llegará a la conclusión de que al averiguar que soy el culpable de su despido, y sospechar que soy, además, el amante de su mujer, decidió asesinarme. ¡Y para colmo empleó un método tan deleznable como el veneno! –Fingió escandalizarse–. ¡Qué horror! ¡Qué decisión tan cobarde!

–¡Es usted un canalla! –casi sollozó Mauro Ortega, que no sabía qué actitud adoptar–. ¡Un hijo de puta maquiavélico! ¿Cómo puede alguien maquinar algo así? Es la trampa más diabólica que se le haya preparado nunca a un inocente.

–Si fuera inocente no estaríamos aquí –fue la despectiva respuesta–. Siempre ha sido un chulo barato que ha vivido a costa de Julia, y que además ha disfrutado humillándola. Pero, cuando al fin ella decide iniciar una nueva vida lejos de tanta mierda, amenaza con destruirla con algo tan inmundo como el chantaje. –El Viejo Zorro negó una y otra vez con la cabeza como si empezara a hastiarse de semejante conversación–. Pero le aseguro que va a pagar por ello. Si vive, las pasará muy putas porque pienso dejarle una larga temporada entre rejas. Un buen día mi abogado irá a verle, y si accede a firmar este documento, le entregará al juez una carta de mi puño y letra aclarándolo todo. En caso contrario dejará que se pudra en la cárcel.

–¿Y no podría firmarlo ahora? –inquirió con un hilo de voz el aterrorizado Mauro Ortega–. Se la firmo ahora y nos olvidamos de todo.

–¡Demasiado tarde, amigo mío! ¡Demasiado tarde! –fue la seca respuesta–. El veneno debe de estar a punto de hacer efecto. ¿Siente algo extraño...? ¿Mareos o ganas de vomitar?

Aterrizó de noche y la invadió la curiosa sensación de que iban a posarse sobre un campo de estrellas, o quizá más bien sobre el tejado de una gigantesca hamburguesería, puesto que cuanto se distinguía a través de la ventanilla eran millones de luces y gigantescos anuncios multicolores que se movían o parpadeaban conformando las más fantásticas imágenes.

Al tocar tierra con aquel terrorífico estruendo que siempre tenía la virtud de encogerle el estómago, el aparato rodó hasta el extremo de una pista tan metida en el corazón de la ciudad que podría creerse que el piloto no tendría más que sacar la mano por la ventanilla para tirar los dados sobre cualquiera de las mesas del Tropicana, que, por lo que pudo ver, era el casino que se encontraba más cerca del aeropuerto.

Ya desde el momento mismo de poner los pies en el interior de la gigantesca terminal, Julia Andrade tuvo la certeza de que acababa de penetrar en una galaxia que nada tenía que ver con cuanto había conocido hasta el presente, y que allí, en Las Vegas, el tiempo había dado un prodigioso salto hacia el futuro con el fin de mostrar al visitante todo cuanto de bueno –o malo– reservaba a la parte más rica del resto del planeta.

Una interminable y mullida moqueta color salmón cubría la mayor parte del suelo, las paredes aparecían tapizadas de colores cálidos, sofisticadas *boutiques* con toda clase de *souvenirs* llamaban la atención de los pasajeros, y tintineantes máquinas tragaperras invitaban al recién llegado a probar su suerte antes incluso de haber pisado la arena del desierto de Nevada.

Sorprendentemente, un chófer cubano del Caesar's Palace le estaba aguardando para recoger su equipaje y acompañarla hasta a una lujosísima limusina en cuyo interior tal vez hubiera podido aparcar el pequeño utilitario con que solía acudir al trabajo en Madrid.

–¿Reciben así a todos los huéspedes? –quiso saber la locutora, evidentemente desconcertada.

–¡Oh, no, señorita! ¡Desde luego que no! –se apresuró a replicar el amable hombretón–. Ni siquiera a los Vips. Tan sólo a los huéspedes «muy, muy especiales».

El trayecto fue corto pero casi alucinante, puesto que a cada metro parecían querer agredirle con una nueva explosión de luz y color, y avanzar en una limusina blanca tapizada de cuero negro por el centro de una ancha avenida en la que se alzaban los más modernos edificios del mundo bajo el parpadeo de mil millones de bombillas era como sentirse Alicia en el momento de penetrar en el País de las Maravillas, pero en este caso de unas maravillas que podían palparse, y que probablemente escondían en su interior nuevas y mucho más prodigiosas maravillas.

Un hotel con forma de barco de ruedas precedía a otro que semejaba la carpa de un circo, mientras un tercero reproducía a la perfección un inmenso castillo medieval, y en los jardines de un cuarto un volcán lanzaba al aire auténticos chorros de fuego.

Y junto a ellos se alternaban edificios de formas tan desconcertantes que incluso un experto habría necesitado horas de estudio para conseguir averiguar cuál había sido la intención del arquitecto en el momento de alzar en aquel lugar tan extraños engendros.

Cuando al fin consiguieron aparcar ante una de las innumerables entradas del Caesar's Palace, un elegante y solícito ejecutivo aguardaba en el porche para conducir a la aturdida Julia hasta una inconcebible suite en cuyo salón habría podido acampar cómodamente toda una tribu de gitanos.

–¡Pero bueno! –se vio obligada a exclamar casi escandalizada–. ¿Cómo imaginan que voy a vivir aquí? ¡Tiene que haber algún error!

–Si es usted amiga del profesor López-Navarro, no existe error –fue la sencilla respuesta–. Nos sentiremos sumamente felices de atenderla, y no tiene más que pedir lo que desee. –El amable y casi untuoso ejecutivo hizo una levísima inclinación de la cabeza al añadir–: Por supuesto, tiene usted mesa reservada, y pagada, en cualquier restaurante y cualquier espectáculo de la ciudad en el momento en que le apetezca. Le deseo una feliz estancia.

Cuando al fin la dejaron a solas, Julia tomó asiento en el borde de uno de aquellos recargados sillones tapizados en rojo que más parecían trono papal que simple lugar en que acomodarse, esforzándose por entender las razones por las que el nombre de un hombrecillo en apariencia tan poco «mundano» como el anciano catedrático, podía despertar un eco semejante en el mismísimo corazón de la fabulosa ciudad del juego.

Por asiduo que hubiera sido del hotel, y mucho que hubiera jugado y perdido en sus casinos, estaba convencida de que la dirección de un lugar semejante jamás habría prestado una atención tan exclusiva a la amiga de un simple cliente, pero por más vueltas que le dio no consiguió hacerse una idea de las auténticas razones de tan sorprendente comportamiento.

Al rato decidió darse un reconfortante baño caliente en el redondo *jacuzzi*, bajó a cenar, y de inmediato le deslumbró descubrir que el Caesar's Palace era un fastuoso mundo dentro de otro mundo de igual modo fastuoso, aunque a decir verdad necesitó dos días con sus correspondientes noches para hacerse una idea aproximada de cuanto a la larga ofrecía aquel desmesurado conjunto de edificios probablemente salidos de la mente de un loco megalómano que no tenía muy claro en qué diablos invertir tantísimo dinero.

Tapices rodantes de más de doscientos metros de longitud se abrían paso entre fuentes, estatuas y columnas, para dar acceso a una incontable sucesión de restaurantes, cafeterías, *boutiques* y salas de juego por las que miles de personas de todas las clases sociales, edades, razas y colores pululaban como hipnotizadas por el tintineo de las fichas o la tenue musiquilla de incontables máquinas tragaperras, mientras que aquí y allá hercúleos gigantes disfrazados de centuriones romanos montaban guardia con la severa prestancia de auténticos soldados de la guardia pretoriana del viejo emperador.

Todo transmitía, eso sí, un leve tufillo a decorado de película, pero todo resultaba inquietantemente real al propio tiempo, y cuando Julia decidió al fin acomodarse en una mesa de la cubierta de la Nave de Cleopatra para que una bellísima pelirroja ataviada de esclava egipcia acudiera de inmediato a inquirir solícita qué le apetecería beber, llegó a la conclusión de que, efectivamente, se había zambullido de cabeza en un indescriptible océano de sueños.

Más tarde jugó al *black-jack* y a la ruleta, pasó una larga hora intentando descifrar los motivos por los que quienes lanzaban los dados emitían tan sonoros aullidos, y estudió con detenimiento la ceñuda expresión con que circunspectas ancianitas de aire burgués compartían mesa de póquer con putas de lujo o camioneros, en un vano intento por averiguar la razón por la que gentes tan diferentes parecían vivir como atrapadas por el ansia de arriesgar cuanto tenían con la ilusa pretensión de conseguir algo más que volver a arriesgar de igual manera.

A la postre llegó a la conclusión de que probablemente el hecho de ganar una suma importante no era lo que en realidad atraía a todos aquellos seres tan diferentes entre sí, ya que casi ninguno de ellos decidiría retirarse con sus ganancias. Lo que al parecer pretendía la mayoría de ellos, era contar siempre con una última ficha en la que depositar sus esperanzas de continuar clavados en sus asientos.

Y es que mientras siguieran allí, fascinados por el brillo de una carta, el girar de una ruleta, el rodar de los dados o las luces de las máquinas, se mantendrían lejos de los infinitos problemas que sin duda les aguardaban en cuanto pusieran el pie en la calle, ya que cabía suponer que en cierto modo Las Vegas no era en realidad más que una gigantesca prisión en la que encerrar durante algunas horas las diarias ansiedades por el sencillo método de sustituirlas por otras mucho más perentorias.

Al anochecer del día siguiente, y justo en el momento en que acababa de perder los últimos dólares que Guillermo López-Navarro le había dado para que se los jugara al número ocho, un hombre que acababa de tomar asiento al otro lado de la mesa se la quedó mirando con notable insistencia para inquirir muy cortésmente:

–Perdón. ¿Por casualidad no es usted presentadora de televisión en España?

Julia asintió levemente y con una sonrisa respondió:

–Lo soy... Pero no por casualidad. Me costó estudiar una carrera, y bastante trabajo.

–¡Lo imagino...! –rió el desconocido–. Hacerlo tan bien nunca puede ser casualidad. Permítame que me presente: me llamo Guzmán Valle y nací en Toledo, aunque hace años que vivo aquí.

–¿En Las Vegas...? –se sorprendió Julia.

–Le garantizo que hay gente que «realmente» vive en Las Vegas –le hizo notar el otro–. ¿Está sola en la ciudad? –Ante el levísimo gesto de asentimiento, añadió con desconcertante timidez–: Le ruego que no lo considere un atrevimiento, pero me encantaría invitarla a cenar. Hace mucho tiempo que no hablo con un compatriota.

Julia lo observó con atención. Era un hombre de unos cincuenta años y aspecto de alto ejecutivo, aunque aureolado de un cierto aire de indefensión que obligaba a descartar la idea de que pudiese tratarse de un donjuan de ruleta dispuesto a abordar de inmediato a una mujer solitaria.

–¡Por favor...! –suplicó por último el toledano casi cómicamente–. Necesito que alguien me cuente cómo van las cosas por allí. Tengo entendido que al país se lo está llevando la bruja.

–La bruja exactamente, no... –puntualizó Julia media hora más tarde mientras cenaban en uno de los restaurantes italianos del hotel, en la esquina de una simpática plaza cubierta adornada con una inmensa fuente barroca que podría haber pertenecido muy bien a cualquier rincón de Florencia–. A no ser que las brujas modernas se disfracen de corrupción y desconcierto. Los políticos están dando un espectáculo bochornoso, y lo peor del caso estriba en que si durante cuarenta años se vivió con la ilusión de conseguir la libertad, a la gente ya no le queda ni siquiera esa ilusión. Se supone que tenemos libertad, pero de poco nos sirve ante la magnitud de lo que está ocurriendo.

Guzmán Valle, al que se diría que en ciertos momentos le costaba un notable esfuerzo volver a expresarse en castellano ya que su mente parecía haberse adaptado al idioma y la idiosincrasia norteamericanos, pareció necesitar cierto tiempo para asimilar lo que le había dicho, pero al fin comentó con evidente tristeza:

–Lo lamento profundamente, puesto que aunque me haya acostumbrado a vivir aquí, no puedo olvidar que mis raíces estarán siempre en España y cuando me fui su futuro parecía bastante prometedor.

–Y lo era –admitió ella–. Pero nuestros políticos se las ingenian para convertir los prometedores futuros en decepcionantes presentes. Somos un país sacrificado al servicio de quienes juran sacrificarse por espíritu de servicio.

–Eso es algo que ocurre en casi todas partes –le hizo notar el toledano–. Pero según usted, ¿qué va a pasar allí?

Julia se tomó unos minutos para reflexionar, consciente de que no resultaba en absoluto empresa fácil hacer comprender a alguien que llevaba años lejos de su patria, qué era lo que estaba ocurriendo en ella en aquellos momentos…

–Quizá lo más importante… –comenzó por último– se centre en el hecho de que se ha declarado una guerra abierta entre el poder ejecutivo y el poder judicial, y que de su resultado dependiera en gran parte el futuro de la nación –dejó el tenedor a un lado y observó directamente al hombre que la escuchaba atento–. Si vence el poder judicial y se castiga a los culpables de tanta corrupción y tanto desaguisado, la democracia tomará nuevos aires y podremos encarar el futuro con una cierta esperanza.

–¿Y si triunfa el poder ejecutivo?

–En ese caso todo estará perdido, porque un país de tan escasa tradición democrática jamás se recuperará del golpe de tener que admitir que la primera vez que somos realmente libres, aquellos en quienes confiábamos se burlaron impunemente de las leyes. En Inglaterra, Francia o aquí mismo, diez años de corrupción, no condicionarían el futuro, pero que una democracia que acaba de nacer tras siglos de represión y oscurantismo sufra esa terrible lacra cuando «aún se encuentra en la cuna», la puede matar –hizo un esfuerzo por sonreír aunque resultaba evidente que la situación no le hacía la más mínima gracia–. ¡Resumiendo...! –concluyó–. Que lo que para otras democracias no es más que un simple catarro, para la española se convierte en una neumonía mortal.

–¿Y confía en que un cambio de partido o de gobierno salve la situación?

–Si quiere que le diga la verdad, no demasiado. Lo que tienen que cambiar no son los hombres o los partidos, sino la mentalidad de esos hombres y esos partidos. En España ningún político ha entendido aún que llegar al poder no significa que te apoderes del país, sino que el país se apodere de ti. Y la situación económica se presenta tan oscura, que dudo que los que vengan sepan cómo afrontarla.

–Sin embargo, había oído comentar que en Europa la crisis ha tocado fondo y las perspectivas de recuperación son halagüeñas.

–Y es cierto, pero a nosotros nos toca ir siempre a remolque de Europa, y resulta evidente que como la sequía continúe azotándonos y nuestra agricultura acabe por hundirse, nos quedaremos definitivamente descolgados.

–¿Tan grave es este año esa sequía? –quiso saber Guzmán Valle al que tal noticia parecía sorprender de forma notable–. Suponía que a estas alturas ése era ya un problema superado.

–¡Pues no lo es! –remarcó su interlocutora al tiempo que golpeaba levemente con el dedo sobre el mantel–. ¡Y le diré más! Si no se remedia, y créame si le digo que nadie parece tener intención de remediarlo, esa sequía provocará un «crack» semejante al que se sufrió aquí, y una depresión comparable a la de los años treinta.

–¿No cree que se pasa? –quiso saber el otro un tanto desconcertado–. El «crack» del año veintinueve fue algo muy grave y muy complejo.

–Según me ha contado un amigo que entiende de estos temas –fue la tranquila respuesta de la locutora–, «El Crack del Veintinueve» y «La Gran Depresión» tuvieron su origen en dos razones básicas: La primera, la ruina de la agricultura del Medio-Oeste por culpa de las sequías y el gran «Cuenco de Polvo» de los años veinte. –Julia alzó los dedos como remarcando con ello sus palabras–. La segunda, el abuso especulativo en la «bolsa» de Nueva York –Julia hizo una corta pausa casi dramática–. El día que los agricultores comenzaron a no poder pagar los créditos que les habían concedido los bancos agrícolas para paliar los efectos de la sequía, esos bancos quebraron arrastrando consigo a los bancos industriales ligados a ellos, y todo se derrumbó como un castillo de naipes, puesto que en un solo día, una «bolsa» supervalorada reventó como un globo.

–Una explicación interesante –no pudo por menos que reconocer el otro–. Simple, pero interesante –se inclinó levemente hacia adelante–. ¿Y acaso teme usted que en España pueda darse una situación semejante?

–A pequeña escala, naturalmente, pero entra dentro de lo posible –admitió Julia–. Según mi amigo, si la agricultura y el turismo de la mitad sur se hunden por falta de agua, y si los empresarios continúan dedicándose a especular en «bolsa» o acaparar dinero negro, los condicionamientos son muy similares y pronto o tarde se producirá un estallido.

–Imagino que aún está a tiempo de evitarse.

–Eso sí que no lo sé –musitó en voz baja la locutora–. Pero lo que sí sé, es que los líderes catalanes, vascos y gallegos se equivocan al calcular que un norte cada vez más rico podrá mantenerse sin la aportación de un sur cada vez más pobre. ¿Cómo esperan vender sus productos a quien ya no tiene nada que ofrecer a cambio? El equilibrio corre serio peligro de romperse, y todo en la vida, incluso la economía, no es más que un delicado equilibrio –sonrió e hizo un gesto de cansancio con la mano–. Y ahora dejemos el tema y cuénteme por qué vive en un lugar tan absurdo como Las Vegas.

–Hace ocho años mi mujer murió trágicamente –fue la amarga serena respuesta del toledano–. Y muy pronto descubrí que me resultaba insoportable la idea de recorrer los mismos lugares que había recorrido con ella. Me hacía daño cada calle, cada plaza e incluso cada pueblo. Al poco me ofrecieron un buen trabajo aquí, y no lo dudé.

–¿A qué se dedica?

–¡A los negocios...!

Lo dijo en un tono tan impersonal, que resultó evidente que no tenía el más mínimo interés en especificar de qué tipo de negocios se trataba, lo cual tuvo la virtud de provocar una especie de incómoda curiosidad en su interlocutora, que prefirió, no obstante, no insistir al respecto.

El resto de la velada lo pasaron charlando sobre temas que iban desde resultados de fútbol al último libro de éxito, pasando por los consabidos cotilleos sociales, y mientras subía en el ascensor de regreso a su gigantesca y barroca suite, Julia Andrade se vio en la obligación de admitir que había disfrutado de una cena de lo más agradable.

Al día siguiente Guzmán Valle la invitó a recorrer el Gran Cañón del Colorado en helicóptero, y aunque por desgracia al llegar a sus proximidades se levantó de improviso un fuerte viento con espesas nubes de polvo que les impidió contemplar a gusto lo que en cualquier otra circunstancia hubiera sido un espectáculo inigualable, la prodigiosa y en cierto modo arriesgada experiencia le sirvió para descubrir que su acompañante debía ser un hombre muy importante, puesto que una sola palabra suya tenía la virtud de abrir la más hermética de las puertas.

Semejante poder no parecía afectarle sin embargo en lo más mínimo, ya que a menudo se comportaba como un chiquillo que estuviera enredando con un juguete demasiado grande, y en las contadas ocasiones en que se veía obligado a dar una orden, lo hacía más en el tono de quien pide un favor, que de quien exige un derecho que nadie osará discutir.

Cuando durante el transcurso del almuerzo Guzmán Valle inquirió, muy cortésmente, las razones por las que viajaba sola, Julia no se sintió en absoluto incómoda a la hora de admitir que acababa de separarse de su marido y estaba pasando por uno de los más delicados momentos de su vida.

–Debo replantearme lo que haré de aquí en adelante –dijo–. Y no sólo a nivel sentimental, sino sobre todo profesional, ya que he tocado techo en mi larga etapa como «busto parlante», y creo que debería aspirar a algo mejor.

–Con tus ideas y tu desparpajo ante las cámaras no creo que tengas muchos problemas a la hora de trabajar como comentarista.

–Mis ideas no suelen ser del todo mías –admitió ella con desconcertante sinceridad– y por desgracia, con la llegada de las cadenas privadas, todo se supedita a los índices de audiencia, con lo que la calidad de la programación es deleznable. No veo qué diablos puedo hacer en un mundo de estúpidos concursos, chistes viejos y *reality shows*, que me han hecho llegar a la dolorosa conclusión de que los españoles prefieren que no se les obligue a pensar hasta que llegue el momento en que tengan que preocuparse seriamente. Y cuando ya las cosas no tienen remedio, ¿para qué las van a pensar?

Guzmán Valle no parecía hombre al que le gustase opinar sobre temas que no conocía, por lo que se limitó a señalar que aquél era un campo en el que prefería no adentrarse, ya que la única televisión que veía se limitaba casi en exclusiva a los noticiarios.

–El trabajo me absorbe de tal modo –dijo– que cuando me queda un rato libre lo que en verdad me apetece es sentarme ante una mesa de ruleta para que me ayude a olvidar mis problemas.

No especificó a qué clase de problemas se refería, pero lo que sí mencionó de pasada poco más tarde fue el hecho de que al día siguiente tenía que viajar al desierto de donde no regresaría hasta muy entrada la noche.

–Me gustaría conocer el desierto –señaló Julia.

La respuesta resultó frustrante.

–No hay mucho que ver, en especial con este viento. Por desgracia para mí y para mi negocio, los desiertos americanos no tienen ni la belleza, ni la grandiosidad de los africanos.

Tumbada en una gigantesca cama redonda que se agitaba por el simple procedimiento de apretar un botón, y contemplándose en el provocativo espejo que ocupaba todo el techo en lo que en realidad más parecía un burdel que un hotel de lujo, Julia Andrade llegó esa noche a la conclusión de que el toledano no parecía ser del tipo de hombres a los que les gusta jugar a los misterios, pero que efectivamente debería existir algo con respecto a su actividad profesional que prefería mantener oculto.

Al día siguiente notó su ausencia.

Pasó la mañana en la desmesurada piscina del Cæsar's Palace, se divirtió enormemente jugando a los dados hasta media tarde, paseó luego a todo lo largo de Las Vegas Boulevard o The Strip como preferían llamarla los lugareños, y se entretuvo una vez más en estudiar la abigarrada marea de seres humanos que entraban y salían de los casinos como si anduvieran buscando una señal que les revelara de improviso en qué mesa o en qué máquina les estaba aguardando la fortuna.

Eran cientos, miles, tal vez incluso millones los hombres y mujeres que pululaban por las anchas aceras o abarrotaban las gigantescas salas de juego, y Julia no pudo por menos que sonreír ante la idea de que si algún día volvía a escribirse la Historia Sagrada, tendría que hablarse sin lugar a dudas de Sodoma, Gomorra y Las Vegas, al mencionar las ciudades emblemáticas del vicio y la decadencia.

¿Qué tenía el juego para atraer así, desde los cuatro puntos cardinales, a tanta gente en apariencia tan distinta?

¿A qué se debía tan morboso entusiasmo por dejarse quizá los ahorros de toda una vida sobre un paño verde?

Observando los ansiosos rostros de cuantos parecían capaces de lanzar desde el reloj hasta la propia vida sobre un tapete, llegó a la conclusión de que había algo en el espíritu del jugador, como en el del alcohólico o el drogadicto, que jamás podría captar en toda su intensidad por más que lo intentara, del mismo modo que el sano nunca consigue ponerse en el lugar de quien se encuentra verdaderamente enfermo.

«Esta ciudad debería estar prohibida», se dijo.

–No se puede impedir a la gente que se gaste el dinero en lo que le apetezca –le contradijo al día siguiente Guzmán Valle cuando inevitablemente el tema surgió a la hora de la cena–. Quien se sube a un avión y se viene hasta aquí, sabe muy bien a qué viene, y lo ideal sería que cada cual tuviera plena conciencia de cuánto se puede gastar. –Hizo un gesto hacia un grupo de señoras que permanecían pendientes de los números que iban surgiendo en una pantalla electrónica, sin dejar por ello de comer, beber y charlar–. Para la mayoría de los que juegan, éste es un sueño que tal vez no puedan permitirse más que una vez en la vida, y como verás por su edad, son personas a los que ya no les quedan muchos más sueños.

–Pero muy pocos ven cumplida su ilusión de ganar.

–¡Lógico...! Alguien tiene que pagar estas lámparas, estas alfombras y esta nube de empleados. Las ganancias que se obtengan en un casino no serán nunca más que espejismos que acaban esfumándose, pero mientras duran alimentan las esperanzas de quienes de otro modo no tendrían ya ninguna. –Extendió las manos como si pidiera un poco de comprensión–. No me malinterpretes –suplicó–. No soy de los que creen que hay que esquilmar a un pobre imbécil que no se da cuenta de que le están robando elegantemente. Es que creo que la libertad sigue siendo lo más valioso de este mundo, y consentir que existan lugares como Las Vegas no es más que una suprema muestra de libertad.

–Es un vicio.

–Los vicios son una parte tan importante del alma humana como las virtudes, y al menos el juego no hace tanto daño como la droga o el alcohol. Ésos sí que deberían estar prohibidos, puesto que atentan contra la salud.

–Hay quien roba e incluso mata por jugar.

–No en Las Vegas –le contradijo su interlocutor–. Ésta es, quizá, una de las ciudades menos violentas del país. Puede que te roben en una timba de mala muerte de Nueva York, e incluso es más que probable que un yonqui que necesita veinte dólares para pegarse un chute te asesine en una esquina de Los Ángeles, pero no aquí. Los dueños de los casinos saben bien que para que su negocio funcione la gente tiene que sentirse segura. Cierto es que te quitan tu dinero, pero es porque quieres. Nadie te obliga.

–Creo que nunca nos pondremos de acuerdo sobre ese tema –le hizo notar Julia.

–No soy de los que intentan ponerse de acuerdo cuando discuten –fue la respuesta–. Tener diversidad de opiniones es lo que nos diferencia de las bestias. –Guzmán Valle sonrió con intención–. Y ahora acábate el café, porque tengo el pálpito de que esta noche vamos a ganar.

No ganaron, pero se divirtieron durante horas viendo crecer y mermar el número de sus fichas, y tal fue su entusiasmo que cuando se dieron cuenta habían dado las diez de la mañana, puesto que en un gigantesco salón sin ventanas y en el que se podía jugar ininterrumpidamente, las horas pasaban como si fueran minutos.

Desayunaron en una de las innumerables cafeterías que tampoco cerraban jamás, y ya en el momento de despedirse el toledano señaló en un tono de voz absolutamente intrascendente:

–Mañana me voy a Tahití.

–¿A Tahití...? –repitió ella, sorprendida–. ¿Tahití en la Polinesia?

–Exactamente.

–¿Y a qué vas?

–Negocios...

–¡Ah, ya! –aceptó Julia–. Tus misteriosos negocios. ¿Cuánto tiempo estarás fuera?

–Lo que tengo que hacer puedo solucionarlo en un par de días, pero si te apetece venir nos quedaríamos una semana.

Julia encendió el cigarrillo que estaba necesitando para intentar ordenar sus ideas, y tras meditar sólo unos segundos, musitó en voz muy baja:

–Me encantaría acompañarte. Siempre me apeteció la idea de conocer Polinesia, pero no sé si estoy preparada para lo que significa aceptar una invitación de ese tipo.

Su acompañante sonrió divertido.

–¡Oh, vamos! –exclamó–. ¿Por quién me tomas? Invitarte a Tahití no significa que tengas que pagarme el viaje. Este hotel rebosa de preciosas muchachitas que ni siquiera han cumplido los veinte años, pero que perderían el culo por un viaje así. –Extendió la mano y tomó la de ella con la naturalidad de un padre o un auténtico amigo–. Esto es algo que me veo obligado a hacer dos veces al año, y ya me aburre, aunque no niego que en alguna ocasión me haya llevado a una de esas chicas. –Sonrió con afecto al concluir–: Pero si vienes será muy diferente. Podemos pasarlo muy bien sin necesidad de acostarnos juntos.

–¿Estás seguro?

Guzmán Valle asintió convencido.

–Durante más de veinte años conté las horas que me faltaban para volver a casa y hacer el amor con María Eugenia –dijo–. Era un ansia desbordada o una desesperación, porque tal vez de algún modo presentía que acabarían arrebatándomela. –Negó con la cabeza una y otra vez para acabar por encogerse de hombros–. Pero desde que murió, el sexo es algo que carece de importancia, o al menos de esa «urgencia» que lo hacía tan arrolladoramente fascinante. –Lanzó un leve resoplido, como si se estuviera riendo de sí mismo–. Ahora, cuando lo practico, lo hago más por constatar que continúo siendo un hombre, que por auténtica necesidad. Puedes venir tranquila –concluyó–. Si tú no te sientes «preparada», yo tampoco.

En el momento de descender los tres escalones de la cabaña de madera y techo de paja, e introducirse directamente en el mar de Tahití, Julia Andrade tuvo la curiosa sensación de haber regresado a sus más remotos orígenes.

La transparencia de aquellas aguas azul turquesa, su tibieza y el indescriptible ambiente de silencio y paz que reinaba en la quieta laguna de mansas olas que rompían contra el arrecife de coral, la rodeó tal como debió de abrazarla el cálido vientre de su madre en el momento de concebirla, por lo que abrigó el convencimiento de que nunca, a lo largo de toda su vida, había disfrutado de un instante de serenidad tan pleno de belleza como el que le había invadido durante aquel mágico atardecer de su llegada a Polinesia.

Sentada en un fondo de arena blanca y pesada, permitiendo que el agua le llegara al pecho y minúsculos pececillos plateados acudieran a mordisquearle los pies provocándole levísimas cosquillas, dejó pasar más de una hora observando cómo un sol anaranjado comenzaba a rozar las abruptas y verdes cumbres de la isla de Moorea que se recortaba en el horizonte, para que al poco las sombras se fueran apoderando del paisaje, pese a lo cual se sintió incapaz de abandonar el agua y regresar a la cabaña.

Habría dado quizá años de vida por conseguir que aquel mágico momento no terminara nunca, puesto que al igual que ciertos santos solían hacer referencias a lo que había significado para ellos una aparición o una «revelación divina», aquel baño al atardecer fue en realidad como una «revelación de la naturaleza» que había querido mostrarse en el máximo apogeo de su desmesurada grandiosidad.

Poco más tarde una hoguera comenzó a arder en la playa, a unos doscientos metros a su izquierda, y casi en el mismo instante se escuchó el lánguido tañido de un ukelele al que de inmediato se unieron guitarras y tambores que entonaban una dulce canción que sin duda hablaba del ardiente amor de una fogosa pareja de jóvenes polinesios.

Se volvió a observar a los cantantes semidesnudos y adornados de flores que comenzaban ahora a ondular sus prodigiosos cuerpos en un baile lleno de gracia y languidez, y acabó por lanzar un fuerte resoplido al tiempo que exclamaba incrédula:

–Me niego a creer que todo esto no sea más que un montaje turístico.

Poco más tarde, mientras cenaban bajo los cocoteros observando al grupo, que ahora interpretaba una violenta danza guerrera, Guzmán Valle no pudo por menos que sonreír ante lo disparatado de semejante afirmación.

–Puedes estar segura de que, en efecto, esos bailarines están contratados para que la cena te resulte mucho más agradable, pero te garantizo que no existe montaje alguno en ese atardecer, ni en ese mar, ni siquiera en la autenticidad del perfume que llega de la selva.

–¡Pero es que resulta tan perfecto...!

–No es que sea perfecto –le contradijo él–. Es que es armonioso. Ése ha sido siempre el mérito principal de estas gentes; viven en total armonía con cuanto les rodea, y eso es lo que te obliga a pensar que todo es perfecto.

–Sea lo que sea, me fascina –sentenció ella con naturalidad.

–Pues no sé qué te ocurriría si llegaras a conocer las islas que aún no han sido «contaminadas». Tahití, Moorea o Bora Bora se encuentran quizá demasiado «civilizadas», pero en el resto del archipiélago lo que estamos viendo ocurre espontáneamente. En cuanto cae la tarde todo el pueblo se reúne a cantar y bailar en torno a una hoguera, para que las parejas se alejen luego a hacer el amor a la orilla del mar.

–Qué salto tan increíble tras haber dormido anoche en Las Vegas –señaló Julia de improviso–. ¿Cómo pueden coexistir dos mundos tan opuestos? En poco más de ocho horas hemos pasado de la locura de la ciudad más sofisticada que haya existido nunca, a la paz del paraíso. ¡Me cuesta entenderlo!

–Cuando algo merece realmente la pena, no es preciso entenderlo; basta con aceptarlo –le hizo notar su acompañante–. Limítate a disfrutar del momento y olvídate del resto.

Julia aceptó el consejo, ya que en verdad no podía comportarse de otra manera, puesto que todo allí invitaba a olvidarse del resto del mundo, y encontrándose como se encontraba en las antípodas, tuvo la impresión de que los incontables problemas que había dejado en Madrid comenzaban a diluirse en la distancia.

Pasearon luego por la larga playa flanqueada de palmeras, y cuando se sentaron sobre la arena para alzar la vista hacia el cielo, Julia creyó estar soñando, puesto que las miríadas de estrellas que parecían pender justo sobre su cabeza nada tenían en común con las tristes estrellas que estaba acostumbrada a ver en las playas de Ibiza.

–El hemisferio sur es infinitamente más rico en estrellas que el norte –le aclaró Guzmán Valle–. Aparte de que aquí la atmósfera está tan limpia que puede verse muchísimo más lejos.

–Pero es que esto también parece un decorado de película –se lamentó ella–. ¡Cuesta trabajo aceptar que estén ahí de verdad!

–¡Pues lo están! –rió él–. Y aquello que ves allí, es la famosa Cruz del Sur. Por ella se regían los navegantes polinesios, que conocían el punto por donde entraba y salía cada estrella, cada día del año. De ese modo pudieron navegar por este inmenso océano sin perderse.

Se tumbaron sobre la arena a observar a gusto las estrellas, y Julia agradeció en el alma que ni aun en aquel mágico momento su acompañante aventurara un solo gesto o iniciara una leve insinuación, convencido, tal vez, de que no valía la pena estropear una noche tan perfecta ni siquiera en el improbable caso de que sus propuestas fueran aceptadas.

Su silencio llegó a hacerse tan largo y profundo, que al fin se volvió a mirarlo, y lo que pudo vislumbrar en sus ojos a la escasa luz de las estrellas, le impresionó.

–¿En qué piensas? –susurró apenas.

Él tardó en responder, y cuando lo hizo resultó evidente que se encontraba sinceramente conmovido.

–En María Eugenia –respondió en voz muy baja–. Siempre que vengo aquí pienso en ella, y en lo feliz que habría sido en este lugar.

–¿Cómo murió?

–En un atentado. Los integristas islámicos pusieron una bomba en el autobús, y de treinta y dos pasajeros ella fue la única que murió. Cada día me pregunto la razón, si yo, que estaba a su lado, ni siquiera sufrí un rasguño.

–Lo siento...

¿Qué otra cosa podía decir, y qué más se podía decir ya aquella noche?

Al sentarse poco más tarde en el porche y observar cómo se apagaba la luz en la cabaña que ocupaba el toledano, Julia no pudo por menos que preguntarse por qué razón no había conocido a un hombre que aún la echara de menos a los seis años de su muerte.

Para conservar a Mauro ella, con toda su fama, se había visto obligada a hacer cosas abominables, mientras que al parecer la tal María Eugenia ni siquiera necesitaba estar viva para conseguir que su matrimonio continuara siendo tan sólido como podría haberlo sido el día de su boda.

¿Por qué?

«Ten presente que todas las cerillas de una caja parecen iguales –le había dicho en cierta ocasión su padre–. Sin embargo, no sabemos por qué razón unas se apagan en el momento de encenderse, mientras que otras arden hasta quemarte los dedos. En lo que respecta al amor, los seres humanos son como las cerillas, y resulta inútil intentar averiguar las razones de su comportamiento.»

Se preguntó por último cuánto tiempo había ardido su propia cerilla, pero no encontró respuesta.

Le durmió el rumor del mar que lamía los postes sobre los que se asentaba la cabaña, le despertaron unos leves golpes en la puerta, y cuando acudió a abrir fue para enfrentarse a una preciosa muchacha de larguísimo cabello muy negro y aspecto típicamente polinesio, que le recordó de inmediato el estilo de belleza de Andrea Ferreira.

–¡Bueno días! –saludó la desconocida en un cantarín castellano bastante correcto al tiempo que exhibía una deslumbrante sonrisa más propia de un anuncio televisivo que de un ser de carne y hueso–. Vengo a buscarte para enseñarte la isla. Te espero en el comedor.

–Dame quince minutos.

–No olvides el traje de baño –le recomendó la recién llegada–. Yo llevo las toallas.

Desayunaron bajo los cocoteros de la playa, y lo primero que hizo la muchacha fue señalar que se llamaba Vaea Hiró y había nacido en Tahití, aunque había estudiado en Santiago de Chile y Los Ángeles.

–Hablo casi correctamente cinco idiomas y soy guía oficial del Gobierno, pero hace más de un año que trabajo para míster Karrigan.

–¿Y quién es míster Karrigan? –inquirió la locutora, lo cual pareció desconcertar a su acompañante, que la observó como si acabara de preguntarle quién era el Papa.

–Míster Karrigan es míster Karrigan –replicó al fin como si aquélla fuera una respuesta más que suficiente–. El «auténtico» míster Karrigan.

Su perplejidad ante el hecho de que alguien pareciera no saber quién era su jefe resultaba tan tierna, que Julia no pudo por menos que echarse a reír.

–Nunca se me ocurriría poner en duda que «tu» míster Karrigan sea el «auténtico» –admitió al fin–. Pero te juro que en España no lo conoce ni el gato. ¿A qué se dedica?

–A negocios. ¡Grandes negocios! Es dueño de hoteles, casinos, líneas aéreas, navieras, periódicos... ¡Todo!

–Ahora entiendo algunas cosas. ¿Vive siempre aquí?

–No. Vive en una pequeña isla, no lejos de Tetiareroa, la isla de Marlon Brando, pero todos los meses viene a reunirse con sus ejecutivos. –Bajó la voz como si aquél fuera un grave secreto–. Por lo visto no le gusta hablar de negocios en su casa, y nadie puede acercarse por allí.

–¡Vaya, vaya! –exclamó Julia–. ¿Así por lo que veo Guzmán trabaja para ese tal míster Karrigan?

–¿Quién es Guzmán?

–Guzmán Valle. Un amigo. ¿De verdad no le conoces?

La otra trató de hacer memoria para acabar por negar convencida.

–No le recuerdo, pero no tiene importancia. Yo tan sólo me ocupo de atender a las acompañantes mientras los «jefes» despachan con míster Karrigan. –Le guiñó un ojo con un divertido gesto de complicidad al añadir mientras se ponía en pie–: ¡Ni siquiera conozco personalmente a míster Karrigan! Y ahora vámonos. Tenemos mucho que ver.

Pero lo primero que vieron al llegar al puerto de la capital, que se alzaba a unos cinco kilómetros del hotel, fue el *Perla Negra*, el fastuoso yate de cuatro altísimos palos con el que el misterioso míster Karrigan llegaba una vez al mes desde su paradisíaco refugio y «despachaba» sus asuntos sin dignarse poner los pies en el asfalto del muelle, para perderse hacia el noroeste al atardecer del segundo día, rumbo a aquella inaccesible isla de la que aseguraban las malas lenguas sólo se encontraba habitada por bellísimas muchachas de todas las razas.

–¿Puede ser cierto?

Vaea Hiró dejó escapar una alegre carcajada mostrando la casi totalidad de su envidiable dentadura.

–¡Probablemente son fantasías de la gente! –replicó dándole un leve golpe con el codo al añadir–: Pero te garantizo que si tuviera los millones de míster Karrigan, a lo mejor me compraba una isla en la que sólo dejaría entrar guapos muchachos de todas las razas… ¿Tú no?

–No se me había ocurrido –admitió Julia innegablemente divertida–. Pero habrá que tenerlo en cuenta por si me toca la Primitiva.

La primera parada fue a corta distancia del yate, en pleno bulevar Pomaré, con objeto de hacer una corta visita al curioso museo, en el que podían admirarse los más hermosos y raros ejemplares de perlas negras que se habían encontrado en las islas a lo largo de toda su historia, y justo en el momento de abandonarlo, la muchacha sacó del bolso una cajita cuidadosamente empaquetada y se la entregó a su acompañante.

–Obsequio de míster Karrigan –dijo.

Julia la abrió para descubrir una preciosa perla que colgaba de una gruesa cadena de oro.

–¡No puedo aceptarla! –protestó–. No le conozco.

–Pues tendrás que quedártela, querida –rió la otra–. Es la costumbre. –Le guiñó de nuevo un ojo con aquel gesto de complicidad que tanto prodigaba–. Y no cabe duda de que quien quiera que sea tu amigo, míster Karrigan le aprecia mucho. Ésta es probablemente la mayor perla que haya entregado nunca.

Desde el museo se encaminaron a pie hasta el cercano Mercado de Papeéte, un inmenso edificio de altos techos y enormes ventanales, en el que tenía lugar a aquellas horas de la mañana uno de los espectáculos más coloristas, vivos y llamativos a que Julia Andrade hubiera asistido en su vida.

Junto a los puestos de flores y frutas exóticas que llenaban el ambiente de una espesa fragancia casi mareante, se exhibían toda clase de pareos, sombreros y adornos indígenas en tal cantidad de dibujos y tonalidades que las dos mujeres podrían haberse pasado el resto del día intentando elegir los que más llamaban su atención.

–¡Me lo llevaría todo! –exclamó por último la locutora, embriagada por semejante derroche de fantasía–. Y o nos vamos, o me quedo aquí para siempre.

Iniciaron luego un tranquilo periplo en torno de la isla, dejando atrás una capital que pese a su excesivo tráfico conservaba aún hermosos rincones y edificios de su mejor momento histórico, y Julia disfrutó de las acertadas explicaciones de una experta guía que no sólo demostraba conocer a fondo la historia de su isla, sino que parecía sentirse especialmente orgullosa de haber nacido en ella.

–Lo que en verdad importa –dijo en un determinado momento–, es proporcionarle una vida mejor a nuestra gente, aceptando el turismo y los adelantos de la «civilización», pero sin perder la esencia del espíritu polinesio. No existe ningún lugar comparable a nuestras islas, pero sabemos que mantener ese equilibrio nos va a resultar muy difícil.

La serpenteante carretera bordeaba el océano que seguía siendo de un azul turquesa casi etéreo e invitaba a sumergirse en él a cada paso, mientras que por la derecha se alzaba una larga hilera de cocoteros tras los que comenzaba un espeso muro de lujuriosa vegetación que iba ascendiendo hacia la alta cima de la Diadema, que semejaba auténticamente una corona, y tras la que se alzaba la majestuosa mole del monte Orohéna, de más de dos mil metros de altitud.

Toda la población parecía concentrarse, no obstante, en una franja de no más de quinientos metros a partir de la orilla del agua, y cuando Julia señaló que las cumbres parecían vacías, Vaea Hiró rió divertida.

–¿A quién le interesa la montaña, teniendo cerca este mar? –quiso saber–. Mi pueblo nació del océano, algunos aseguran que somos hijos de Neptuno y Afrodita, y el mar es el que nos proporciona el alimento y la alegría de vivir. La selva la dejamos para los pájaros y los extranjeros misóginos.

Viéndola surgir más tarde del agua con su moreno cuerpo de Venus, para ceñirse a la cintura un levísimo pareo rojo que acentuaba aún más la perfección de sus caderas, Julia Andrade no pudo por menos que admitir que, en efecto, aquélla era una raza nacida del apasionado amor de los más apasionados de los dioses.

Al mediodía se ducharon bajo una altísima catarata que conformaba el nacimiento de un minúsculo riachuelo cristalino, almorzaron en una cabaña abierta a todas las brisas de la costa pescado crudo macerado en leche de coco y una langosta a la brasa recién capturada, charlaron por los codos, y concluyeron su viaje en el curioso Museo Gauguin, que por desgracia no conservaba ni una sola obra original del genial pintor que murió en las islas tras encontrar en ellas su paraíso particular.

De regreso en el hotel Julia se encontraba feliz, aunque agotada.

Descansó hasta la hora de la cena, y en cuanto tomó asiento frente a Guzmán Valle, le faltó tiempo para inquirir malignamente:

–¿Quién es míster Karrigan?

El otro no pudo evitar una cínica sonrisa.

–Míster Karrigan es míster Karrigan –replicó con naturalidad–. El Jefe.

–¿Por qué no me habías hablado nunca de él? –preguntó Julia.

–Porque no le gusta que se hable de él. Es una norma que debemos respetar si queremos continuar formando parte de su equipo.

–¿Qué edad tiene?

–Debe de ser un poco mayor que yo.

–¿Es cierto que vive en una isla donde sólo hay mujeres guapas?

–¡En absoluto! Vive con la mujer con la que lleva casado más de veinte años y sus cinco hijos, pero le divierte que la gente cuente ese tipo de tonterías.

–¿Cómo es?

–¿Míster Karrigan? Encantador. Y uno de los hombres más inteligentes que he conocido. Su visión de futuro resulta asombrosa.

–¿Qué haces para él?

Guzmán Valle aprovechó que una oronda y gentil camarera se aproximaba con las bebidas para tomarse unos instantes de reflexión, y por último respondió con absoluta sencillez:

–No puedo decírtelo, a no ser que me autorice.

–¿Es que no te fías de mí?

–Son las normas y me gusta respetarlas –fue la tranquila respuesta exenta por completo de acritud–. Cuando alguien te otorga la confianza que él me ha otorgado, y lo único que pide a cambio es discreción, tu obligación es ser discreto.

–¿Se lo habrías contado a tu mujer?

–¿A María Eugenia? –se sorprendió él–. ¡Naturalmente! Pero si ella viviese lo más probable es que yo no estuviera aquí.

–¿Por qué?

–Porque su muerte motivó la serie de circunstancias que me condujeron hasta míster Karrigan. –Alargó la mano y le colocó en su sitio un rebelde mechón de cabello–. Y ahora será mejor que dejemos ese asunto –rogó–. ¿Te ha gustado la isla?

Resultaron inútiles cuantas argucias intentara Julia en el transcurso de la velada por conseguir que le contara algo más sobre míster Karrigan y sus misteriosas actividades, puesto que Guzmán Valle parecía tener una especial habilidad para escurrir el bulto con notable delicadeza, hasta el extremo de que la propia presentadora llegó a la conclusión de que era ella la que empezaba a mostrarse poco delicada por lo que decidió aparcar el tema definitivamente.

Pero resultaba muy difícil olvidarse de un hombre tan especial, y mientras observaba las estrellas pasada ya la medianoche, se planteó una vez más qué podía ocultarse tras la espesa cortina de silencio que protegía al dueño de tan fabulosa fortuna.

Si la curiosidad tuvo siempre nombre de mujer, no cabía duda de que en este caso también tenía apellido.

Al atardecer del día siguiente el *Perla Negra* hizo su aparición surgiendo de la punta en que se alzaban las pistas del aeropuerto de Faaa, para alejarse hacia el noroeste con todo su impresionante velamen desplegado, y el espíritu periodístico que aún anidaba en Julia, que se encontraba leyendo en el porche de la cabaña, le obligó a reflexionar sobre qué significaría llegar hasta lo más profundo de la fascinante historia de un individuo en apariencia excepcional pero que había elegido como forma de vida el anonimato en uno de los más perdidos rincones del planeta.

–¡Menudo reportaje! –masculló.

Guzmán Valle regresó diez minutos más tarde y se le veía rebosante de felicidad.

–¡Luz verde! –exclamó–. Ha dado luz verde al nuevo proyecto. ¡Es increíble! Le propongo una inversión adicional de doscientos millones de dólares, la analiza durante una hora, hace tres preguntas claves y se limita a decir: «¡Adelante! ¡Hazlo!».

–Me alegraría saber de qué diablos estás hablando –fue la cáustica respuesta–. Pero como no sé si te estás refiriendo a un alijo de drogas, tráfico de armas, lavado de dinero, o un golpe de Estado en Tanzania, prefiero no opinar.

–¡No se trata de nada de eso! –se limitó a replicar su interlocutor en un tono de manifiesta burla–. ¡Nada de eso! Pero es fantástico... ¡Me voy a dar un baño!

Julia sintió unos deseos casi irrefrenables de tirarle el grueso libro a la cabeza, y le observó nadar con vigorosas brazadas en la quieta laguna mientras la silueta del *Perla Negra* se iba empequeñeciendo más y más en la distancia en el momento en que el sol comenzaba a rozar las cumbres de Moorea.

Luego, sin saber por qué le vino a la mente el Viejo Zorro, y sonrió al admitir que había tenido toda la razón del mundo al rogarle que se marchara a Las Vegas, donde tal vez conseguiría olvidar sus múltiples problemas, puesto que visto desde una playa de Tahití, el hecho de que Mauro Ortega pudiese enviar o no su foto a la prensa cobraba una dimensión muy diferente.

–En el peor de los casos, me compro una casa aquí, me dedico a escribir un libro sobre el tal míster Karrigan, y que le den por el culo al mundo –se dijo.

Sonrió ante sus propias ideas, le sonrió luego al toledano que la saludaba desde el agua, y se planteó por enésima vez en aquellos días, si se sentía o no en disposición de hacer el amor con un atractivo galán maduro que se mantenía en buena forma, se comportaba siempre con exquisita corrección y hacía gala de una conversación interesante, una notable cultura y una sonrisa realmente encantadora.

¿Qué más se le podía pedir a un amante ocasional cuando el fastuoso y romántico paisaje circundante añadía el resto?

Andrea.

Una casi indescriptible sensación de ansiedad le invadía cada vez que le asaltaba el temor de que fuera la imagen de Andrea la que se interpusiera de nuevo en su camino impidiéndole disfrutar plenamente a la hora de irse a la cama con Guzmán Valle, puesto que ello vendría a significar que había perdido la capacidad de sentir como una mujer que no necesita estimulantes ajenos a la pareja para alcanzar su total satisfacción.

A Julia le obsesionaba la idea de que, al igual que había oído comentar que muchas personas tenían que recurrir a tomarse unas copas, fumarse un porro, o contemplar una película porno para excitarse sexualmente, el recuerdo de Andrea Ferreira hubiera acabado por convertirse en un complemento erótico imprescindible para su motivación.

Sabía que aquél era un problema espinoso al que tenía la imperiosa obligación de hacer frente cuanto antes, y si deseaba ser absolutamente sincera consigo misma, se veía obligada a admitir, de igual modo, que aquél era el lugar y el momento idóneos para intentar solucionarlo pero aun así continuaba posponiéndolo, tal como solía posponer las visitas al dentista aun a sabiendas que pasado el primer momento de pánico se sentiría muchísimo más aliviada.

Por fin, y en el momento de ducharse para acudir a la cena, tomó una de aquellas firmes decisiones que casi siempre solía tomar en la ducha.

–En cuanto me lo proponga, acepto.

Pero Guzmán Valle no llegó a proponérselo.

Fiel a su promesa, seguía comportándose como un auténtico caballero, y pese a que al día siguiente tomaron un transbordador que les llevó en poco menos de una hora a la preciosa y mucho más salvaje Moorea, donde se alojaron también en dos cabañas enclavadas en el fondo de una quieta laguna, en un lugar tan absolutamente aislado, romántico y primitivo que habría despertado la libido de un monje trapense, cuanto hizo el toledano fue pescar, bucear en compañía de bandadas de tiburones que no demostraban el menor interés por el desconsiderado turista que venía a molestarlos, correr en moto acuática, o dar largos paseos por los paradisíacos paisajes del interior de la isla.

Al quinto día la propia Julia comenzó por tanto a sentirse tan inquieta que llegó a maldecir su propia estupidez al comprender que en su interior se estaba librando una curiosa –y en cierto modo cómica– batalla entre su íntimo deseo de no complicarse la vida con aventuras amorosas de dudoso futuro, y su todavía más íntimo orgullo de mujer que aún se considera atractiva y deseable.

Lució los más provocativos trajes de baño y los más llamativos pareos comprados en el famoso Mercado de Papeéte y se decidió a tomar el sol con el pecho al aire sobre la arena de una playa desierta aguardando impaciente el momento en que Guzmán Valle se arrojara sobre ella con furia incontenible, pero Guzmán Valle se limitaba a sonreír de medio lado y cebar el anzuelo para lanzarlo al agua y gritar de alegría cada vez que atrapaba un estúpido pez.

Gracias a ello, los dos últimos días de estancia en Polinesia se convirtieron en un curioso juego de silenciosa insinuación y muda resistencia, en el que el hombre parecía decidido a no dar un solo paso a menos que se lo pidiesen directamente, mientras que la mujer se había hecho el firme propósito de no pedirlo por mucho que lo estuviera deseando.

En el fondo, resultó divertido.

Tal vez incluso más divertido que el simple hecho de haber acabado revolcándose juntos sobre la blanca arena, pero lo cierto fue que en el momento de subir al avión Julia Andrade se sentía francamente frustrada y hasta cierto punto ofendida, y sólo consiguió calmarse cuando ya en pleno vuelo su acompañante le apretó la mano para comentar tranquilamente:

–Míster Karrigan me ha dado permiso para que te cuente qué es lo que hago. –Le dirigió una larga mirada que más parecía una firme promesa–. Cuando lo sepas habrá llegado el momento de replantearnos esta relación.

–¿De qué se trata?

–Prefiero que lo veas por ti misma cuando lleguemos a Las Vegas.

Pero aterrizaron avanzada ya la noche, por lo que todo quedó para la mañana siguiente, en que un helicóptero de las Empresas Karrigan les recogió en el aeropuerto.

Despegaron rumbo al desierto, y a los veinte minutos de vuelo Guzmán Valle se volvió hacia Julia y sacando un pañuelo del bolsillo señaló:

–Ahora tengo que vendarte los ojos.

–¿Vendarme los ojos? –repitió ella desconcertada–. ¿Es que te has vuelto loco?

–Será cuestión de minutos. ¡Por favor!

Tentada estuvo de mandarle al diablo y pedirle al piloto que virara en redondo para conducirla de regreso al hotel, pero la curiosidad fue, una vez más, su peor enemigo, por lo que tras lanzar un resoplido de clara desaprobación, aceptó que su acompañante le anudara el pañuelo a la nuca sin permitir que penetrara ni un resquicio de luz.

Durante los minutos que siguieron, mil ideas confusas y cada una más inquietante que la anterior cruzaron por su mente, y acudieron a su memoria algunas de las terribles historias que se contaban sobre el infinito número de mujeres raptadas, violadas y asesinadas en el país más violento del mundo.

Por último advirtió que el aparato tomaba tierra, las puertas se abrían, Guzmán Valle la aferraba de la mano para ayudarla a descender y, tras obligarla a avanzar una decena de metros, se colocaba tras ella para despojarla de la venda.

El violento sol del desierto le hirió en los ojos obligándole a cerrarlos al instante, y cuando creyó haber conseguido habituarse a la deslumbrante luz, los abrió de nuevo.

Lo que vio le obligó a parpadear, incrédula.

Sacudió la cabeza, cerró una vez más los ojos, volvió a mirar y se negó a aceptarlo.

–¡No es posible! –exclamó estupefacta.

–¡Lo es!

–Me niego a creerlo.

–¡Pues ahí están...!

Allí estaban, en efecto, las Pirámides de Egipto y la mismísima Esfinge, tan grandes, tan auténticas, tan palpables, y tan sin lugar a dudas las verdaderas y únicas Pirámides de Egipto que había visitado ocho años atrás, que por unos segundos abrigó el convencimiento de que de alguna milagrosa forma había realizado un prodigioso viaje de miles de kilómetros hasta el corazón del desierto africano.

Por último se volvió a su acompañante, que la observaba sonriente.

–¿Qué significa esto? –preguntó.

–Significa lo que ves: pirámides.

–Pero ¿cómo lo has conseguido?

–Con mucho dinero, mucho trabajo y muchas máquinas.

–Parecen auténticas.

–Es que cada bloque de piedra, cada escalón, cada pasadizo y cada inscripción es una réplica exacta, al milímetro, de las auténticas en su estado actual.

–Pero ¿a quién se le puede haber ocurrido una cosa así?

–A mí. –El toledano se encogió de hombros–. Bueno, para ser sinceros, a un amigo y a mí. –La tomó del brazo y la condujo hacia un pequeño grupo de *roulottes* aparcadas a corta distancia, y que al parecer se usaban como oficinas–. ¿Recuerdas que te conté que a María Eugenia la mataron los integristas islámicos? –añadió–. Fue entonces cuando me planteé que una de las Siete Maravillas del Mundo había pasado a manos de un pequeño grupo de fanáticos que con su violencia nos impedía el acceso a algo que debería ser, por justicia, patrimonio cultural de la humanidad.

Habían penetrado en la mayor de las *roulottes*, que no era en realidad más que un enorme despacho con aire acondicionado a través de cuyos amplios ventanales se distinguían las increíbles pirámides y Guzmán Valle sirvió dos refrescos para tomar asiento en un cómodo sillón de cuero, indicándole a Julia otro, al tiempo que añadía:

–Tras darle muchas vueltas llegué a la conclusión de que si la gente no podía ir a visitar las pirámides, serían éstas las que visitarían a la gente. –Sonrió divertido–. Suponía, desde luego, un reto impresionante, pero tras estudiarlo bien comprendí que sólo existía un lugar en que tal idea podría tener una buena acogida. Vine a Las Vegas, hice algunos contactos, y conseguí que míster Karrigan financiara el proyecto.

–¡Asombroso!

El toledano hizo un leve gesto de agradecimiento, como si admitiera que semejante exclamación no era en realidad más que un justo tributo a su talento, y tras beber lentamente su refresco, continuó:

–Dentro de un par de años, miles de turistas recorrerán las pirámides montados en auténticos camellos africanos conducidos por guías nativos, comprarán en un zoco árabe, comerán en restaurantes egipcios, y dormirán en hoteles norteafricanos atendidos por personal indígena, sin correr el menor peligro y con el incentivo de que, además, dispondrán de modernos casinos en los que jugarse el dinero.

–¡Inaudito! –exclamó la fascinada Julia Andrade, que no conseguía salir de su asombro con la vista aún clavada en las pirámides–. ¡Lo más inaudito que he visto en mi vida! ¡Qué barbaridad!

–¿Barbaridad? –repitió él–. ¿Por qué barbaridad? ¿Acaso no existen reproducciones de cuadros famosos, o es que el común de los mortales no tiene derecho a disfrutar de una obra de arte aunque le esté vedada la auténtica? Si el David de Miguel Ángel que admiramos en la plaza de la Signoria en Florencia es en realidad una copia del original, ¿quién puede impedirnos reproducir otros monumentos igualmente prodigiosos?

–¡Pero una cosa es un cuadro o una estatua, y otra las Pirámides de Egipto...! –se escandalizó ella.

–¡Cuestión de tamaño! Y ahí no para la cosa.

–¿Cómo que no para la cosa? –se alarmó Julia.

–¡En absoluto! –replicó su interlocutor con naturalidad–. A treinta kilómetros de aquí estamos reproduciendo el Templo de Luxor, a cien, el Coliseo romano, a ciento cincuenta la Acrópolis de Atenas, poco más allá el Taj-Mahal de la India, y Karrigan acaba de aceptarme el presupuesto para reproducir la Alhambra de Granada. En un plazo de diez años todas las Maravillas del Mundo, espero que incluido Machu-Picchu, se podrán admirar en un radio de quinientos kilómetros a partir de este punto.

–¡Pero eso es una locura! –farfulló la cada vez más desconcertada Julia Andrade, que casi se negaba a aceptar lo que estaba oyendo–. ¡Una auténtica locura!

–¡En efecto! –admitió él–. Una maravillosa locura que constituirá al propio tiempo un magnífico negocio, puesto que la gente no tendrá que hacer largos, complicados y a veces peligrosos viajes para ver algo que le costaría mucho tiempo y dinero. Ahora vendrán aquí, alquilarán un coche, y en una semana habrán conocido cómodamente todo lo que siempre ansiaron conocer pero no se encontraba a su alcance.

–Y, además, se dejarán el dinero en las mesas de juego...

–Tú lo has dicho. Se jugarán el dinero, pero en lugar de hacerlo en una absurda ciudad de neón en la que todo es artificial y de pésimo gusto, tendrán ocasión de enriquecerse espiritualmente y aumentar su cultura.

–¡Aún no sé qué pensar! –admitió ella–. Me parece todo tan... –buscó la palabra–. ¡Disparatado!

–A menudo la historia o los grandes negocios suelen hacerse a base de disparates –puntualizó el toledano con manifiesto humor–. De hecho, la mayoría de las ideas geniales no fueron en un principio más que gigantescos disparates. Pero así es como siempre ha funcionado el ser humano, y así es como llega a alcanzar increíbles metas. –Se encogió de hombros–. Admito que serán muchos los que me critiquen por haber llevado esta aventura adelante asegurando que las Pirámides sólo deben contemplarse en Egipto y la Alhambra en Granada... –Hizo una breve pausa–.

Pero ¿qué debe hacer quien no tenga medios para ir a Egipto o a Granada? ¿Conformarse con una fotografía o un documental en la televisión? Según eso no deberían existir los zoológicos, y quien quisiera ver de cerca un elefante se vería obligado a viajar al Congo.

Su compañera dio un salto en la butaca, incapaz de continuar sentada al exclamar:

–Pero ¿cómo puedes comparar un elefante con las Pirámides?

–¡Muy sencillo! ¡Comparándolos! Ambos son obras de arte; uno de la naturaleza; el otro del hombre. –Sonrió divertido–. Y cuando ese hombre lleva ya más de sesenta años muerto, las leyes no respetan sus derechos de autor. Del mismo modo que tengo libertad para editar *El Quijote*, la tengo para reproducir las Pirámides o el Partenón.

–No te estoy negando el derecho legal –le hizo notar ella–. Se trata más bien de un derecho... «moral».

–¿Acaso es «moral» que en pleno centro de Madrid se levante el Templo de Nebod, que fue traído piedra a piedra desde Egipto? –quiso saber el otro–. ¡Eso sí que lo considero un injustificable expolio cultural! Pero imitar algo, admitiendo que es una imitación fidedigna, no constituye un expolio, sino más bien un homenaje al talento de quienes lo hicieron.

Se pasaron el resto de la mañana discutiendo sobre el tema, pero cuando al fin se aproximaron a las Pirámides y Julia pudo comprobar, tocándolas y comparándolas con un millar de fotografías, que cada sillar y cada inscripción había sido reproducida con tanta exactitud que habría costado un tremendo esfuerzo diferenciar lo falso de lo auténtico, llegó a la conclusión de que acertada o no, justa o injusta, la idea de Guzmán Valle era digna de admiración, y el modo en que había sido llevada a la práctica, digno de elogio.

–¡Admito que se trata de un buen trabajo! –dijo–. ¡Un magnífico trabajo!

–¡Gracias a Karrigan! –fue la sencilla respuesta–. Es un hombre genial que aceptó financiarme con la auténtica condición de que hiciera algo perfecto.

–Me gustaría conocerle.

–¡Dios me libre! –se alarmó el otro–. Te enamorarías de él y yo te reservo para mí.

–Pues me «reservas» mucho –le hizo notar Julia no sin malévola intención.

–Eso tiene fácil arreglo –replicó el toledano–. Me comprometí a respetar el hecho de que «no estabas preparada» mientras nos encontrábamos en Polinesia, pero ya hemos vuelto. –La observó sonriente–. ¿Te sientes realmente «preparada»?

Julia Andrade asintió con un leve ademán de la cabeza.

–Sabes de sobra que lo estoy hace días. Volvamos al hotel.

Al aterrizar nuevamente en Las Vegas, Guzmán Valle le concedió una hora para lavarse el pelo, librándose del polvo y la arena del desierto, y Julia se sorprendió a sí misma cantando en la ducha, sin que ni la sombra de Andrea Ferreira, ni muchísimo menos la de Mauro Ortega, amenazara con compartir con Guzmán Valle la enorme cama basculante de techo de espejos.

Eligió su salto de cama más provocativo, pidió una botella del mejor champán y se sentó a esperar tan nerviosa como una novia en el día de su boda.

Cuando llamaron a la puerta abrió con la más amplia de las sonrisas, pero esa sonrisa se truncó al advertir la descompuesta expresión del toledano.

–¿Ocurre algo? –inquirió alarmada.

–El viejo ha muerto.

–¿Míster Karrigan?

Él hizo un gesto de rechazo con la mano.

–¡No! Míster Karrigan, no. El Viejo Zorro. ¡Guillermo!

Julia tuvo que tomar asiento en uno de los enormes sillones rojos para asimilar la noticia que le había golpeado con la fuerza de una coz, pero casi de inmediato alzó el rostro para inquirir desconcertada:

–Pero ¿cómo es posible? –musitó–. ¿Cómo es que conoces a Guillermo?

–¡Oh, vamos, Julia! –exclamó el otro, que se había dejado caer en la cama absolutamente derrotado–. ¿Quién crees que organizó todo esto? Guillermo era mi maestro y mi mejor amigo.

–¡No puedo creerlo!

–¡Pues créetelo! María Eugenia y yo fuimos sus ayudantes durante años, y nos quería como a los hijos que nunca tuvo. Fue hablando con Guillermo como surgió la idea de las Pirámides y fue él quien me acompañó cuando le propusimos el proyecto a Karrigan. –Lanzó un corto lamento–. ¡Dios, cómo lo va a sentir! Karrigan le adoraba.

Julia, que libraba una difícil batalla entre el dolor que le embargaba por la muerte del hombre más extraordinario que había conocido, y la indignación que le estaba invadiendo al comprender que había sido burdamente manipulada, sacudió la cabeza en un vano intento por aclararse las ideas, y por último casi sollozó con amargura al exclamar:

–¡Dios de los cielos! ¿De modo que todo ha sido un montaje? Nunca lo habría imaginado. ¡No de él! ¡No de Guillermo!

–¿Qué es lo que no puedes imaginar de Guillermo? –replicó el toledano casi agresivamente–. ¿Que buscara tu felicidad y de paso la mía? ¿Que renunciara a ti al imaginar que tal vez yo era el hombre que necesitabas? Él era capaz de eso y mucho más. Él era capaz de todo por los seres que amaba, y me consta que te amaba más que a su propia vida.

–Pero ¿por qué no me lo dijo?

–Porque sabía que nunca habrías aceptado. Se convenció de que estábamos hechos el uno para el otro; tú llenarías el hueco que había dejado María Eugenia, y yo te proporcionaría la paz de espíritu que al parecer necesitas. –La observó con una cierta ira en la mirada–. ¿Crees que habrías aceptado semejante propuesta en frío?

–Por lo visto tú la aceptaste.

–Acepté conocerte, nada más. Ése fue el trato, conocerte como a cualquier otra mujer que pasa por Las Vegas, y si lo que veía no me gustaba, «buenas noches» y en paz. Jamás te habríamos dicho nada. –Lanzó un sonoro lamento–. ¡Pero ahora ha muerto! ¡Dios! Eso sí que no me lo esperaba.

–¿Y te lo contó todo?

Guzmán Valle negó con firmeza.

–Sólo me dijo que tenías problemas. Graves problemas, pero estaba convencido de que eres lo suficientemente honrada como para contármelos si llegaba el momento. –La miró a los ojos–. ¿Lo harás?

Ella meditó unos instantes y al fin negó con un gesto.

–Ese momento aún no ha llegado, y ahora no estoy segura de si llegará algún día. ¿De qué ha muerto?

Guzmán Valle dudó unos segundos y cuando habló resultó evidente que le costaba un tremendo esfuerzo hacerlo.

–Parece ser que tu marido lo envenenó –dijo al fin.

Lanzarote, enero de 1995

NOTA DEL AUTOR

Al terminar de escribir *La ordalía del veneno*, me invadió una extraña sensación que jamás había experimentado anteriormente: tal vez, y casi sin darme cuenta, había hecho un hallazgo de importancia capital para los millones de seres humanos que sufren las consecuencias de la falta de agua potable.

Una idea me rondaba obsesivamente por la cabeza: ¿Y si lo que el profesor López-Navarro expone respecto a la desalinización del agua de mar a través de su propia presión fuera en verdad viable?

Comencé a estudiar el tema, y, cuanto más lo hacía, más me convencía de que lo que había nacido como simple argumento literario iba cobrando visos de realidad factible, por lo que al fin no pude por menos que exponer mis teorías a un grupo de técnicos especializados en temas de desalinización de agua de mar, que casi de inmediato se entusiasmaron con el planteamiento.

Para algunos de ellos, sustituir la compleja presión dinámica ejercida por turbobombas de alto coste energético y difícil mantenimiento, por la simple presión estática de una columna de agua, abría las puertas a la posibilidad de convertir ingentes cantidades de agua de mar en agua dulce, terminando así de una vez por todas con el cruel fantasma de la desertización y la sequía.

Cuando llegaron a la conclusión de que casi la mitad de todo el agua de mar que se arroja a un pozo de setecientos metros de profundidad se convierte automáticamente -gracias a los filtros de «ósmosis inversa» existentes en el mercado- en agua dulce y potable, abrigaron el convencimiento de que estábamos en el umbral de una nueva era, puesto que todos los problemas técnicos que pudieran presentarse tendrían a la larga una lógica solución igualmente técnica, dado que, al fin y al cabo, yo no había inventado nada nuevo, sino que me había limitado a colocar en un orden más lógico lo ya experimentado.

Cuanto sigue es la memoria que dichos técnicos han realizado sobre la indiscutible viabilidad y las innegables ventajas de una «Planta de desalinización de agua de mar por "ósmosis inversa" por presión natural» nacida de estas páginas.

Planta desalinizadora de agua marina por ósmosis inversa por presión natural según una idea de Alberto Vázquez-Figueroa

Anejos

1. Antecedentes

La planta desalinizadora descrita por el escritor Alberto Vázquez-Figueroa, autor de la idea, en su novela *La ordalía del veneno*, se basa en el mismo principio que permite que las plantas desalinizadoras existentes en la actualidad transformen el agua del mar en agua dulce. En estas plantas, y mediante la impulsión a elevadas presiones de agua del mar a través de una membrana semipermeable, se consigue, mediante el procedimiento denominado de «ósmosis inversa», transformar de inmediato la totalidad del caudal de agua de mar bombeado en un 55% de «agua de rechazo» o «salmuera» doblemente salada que el agua procedente del mar y un 45% de agua dulce y potable.

Este sistema tradicional es, hoy día, y desde el punto de vista tecnológico, totalmente operativo y el utilizado en todo el mundo, pero exige una compleja tecnología y un elevado coste energético debido a que es necesario impulsar la totalidad del agua bruta, procedente del mar, a 70 atmósferas de presión a través de las membranas.

2. Descripción del sistema

La **planta desalinizadora de agua marina por ósmosis inversa por presión natural de Alberto Vázquez-Figueroa** reduce al mínimo dicha tecnología y sustancialmente el coste energético, al sustituir el bombeo y por tanto la presión directa sobre las membranas, que se efectúa mediante costosísimas y complejas turbobombas en una planta convencional, por el peso de una columna de agua de 702 m de altura, cuya presión en la base es, igualmente, de 70 atm, teniendo en cuenta la densidad del agua del mar (1,03 g/cm^3), y que una atmósfera equivale a 10,33 m de columna de agua dulce.

Para conseguirlo se utiliza el procedimiento de perforar en tierra firme, no lejos de la costa y a una pequeña cota sobre el nivel del mar, un pozo de 7 m de diámetro y 650 m de profundidad, en cuyo interior y adosadas al perímetro interior del pozo se instalan un conjunto de tuberías de 800 y 500 mm de diámetro, y bajo las cuales, y en una cámara subterránea, se disponen las baterías de membranas semipermeables. (Véase croquis.) Las primeras de estas tuberías se utilizan para la inyección del agua del mar, previamente tratada, y la recuperación de la salmuera, y las segundas para bombear hasta la superficie el agua producto obtenida en las membranas.

Mediante este sistema y lógicamente mientras las tuberías de inyección estén llenas hasta la boca de agua del mar, en las membranas, situadas bajo ellas, se está produciendo el fenómeno de «ósmosis inversa» por medio del cual el 55% del total del agua del mar introducida se transforma en «agua de rechazo» o salmuera, que se carga con la totalidad de las sales presentes en el agua del mar inyectada y sale del sistema de membranas a 68 atm de presión media. El 45% restante del caudal de agua del mar introducida en las tuberías, se transforma en agua potable totalmente exenta de sales y con una presión residual a la salida de las membranas de 1 a 2 atm.

Esto quiere decir que exactamente a la misma velocidad que el agua del mar, y una vez sometida a los mismos sistemas de pretratamiento que en una planta convencional, es introducida en las tuberías verticales, casi la mitad se transforma en agua dulce, mientras que la salmuera asciende, teniendo en cuenta su densidad (1,06 gr/cm^3), por una segunda batería de tuberías colocadas junto a las de inyección, a 650 m sobre la cota de salida de las membranas.

Con el fin de evitar el bombeo de la salmuera, desde el nivel estático que ésta alcanzaría dentro de las tuberías de recuperación de salmuera, hasta la superficie y por tanto el coste energético que este bombeo conllevaría, así como el propio coste de unas bombas muy caras y delicadas por tener que bombear salmuera, se proyecta el dispositivo de manera que la salmuera alcance el desagüe por la boca de la tubería por presión natural. Para conseguir este efecto, se hace necesario incrementar la carga en la boca del pozo de gran diámetro, y una vez considerada la densidad del agua del mar, en 56 m. Por ello se ha previsto la ejecución de un depósito en cabecera que una vez considerados, tanto las diferentes densidades de los fluidos que estamos tratando como las pérdidas de carga producidas en el sistema, se situaría a 60 m sobre la cota de la boca del pozo, con el fin de obtener una presión constante en las membranas, lo que es fundamental para su buen funcionamiento y duración, y así mismo conseguimos que la salmuera alcance la superficie sin ningún tipo de bombeo.

El agua dulce, que, como ya hemos dicho, representa el 45% del total del agua bruta, sale de las membranas a una presión residual de 1 a 2 atm, lo que representa entre 10 y 20 m de altura sobre la cota de salida del sistema de membranas. Desde esta profundidad el agua se bombea, a través del tercer sistema de tuberías, hasta un depósito de superficie donde queda lista para su distribución.

Con objeto de mejorar sensiblemente no sólo la carga energética del metro cúbico de agua producto, sino el precio medio del Kw.h consumido, la planta «A.V.F.», se diseña para que aunque **la planta funcione 24 horas al día, únicamente esté consumiendo energía las 8 horas consideradas como «valle»** en las tarifas eléctricas. Para ello se ha previsto que el depósito de «cabecera» no sólo sirva para mantener la carga estática sobre las membranas, sino que además, y con una capacidad de 2/3 del volumen diario de agua bruta considerado para cada planta, permita mantener la planta en funcionamiento continuo las 24 horas del día.

Del mismo modo, 2/3 del agua producto obtenida diariamente, se almacena en un depósito subterráneo, y únicamente se bombea a la superficie durante las 8 horas «valle».

Con este sistema, el coste final del Kw.h consumido

se reduce en más del 50%, sobre el precio del Kw.h de una planta tradicional, al acogerse a las tarifas de hora «valle» y poder abaratar el término de potencia al reducir, sensiblemente, la potencia base de facturación. Con ello, además se contribuye al allanamiento de la curva del consumo del sistema eléctrico nacional.

3. Coste energético

El coste energético de producción de (1) metro cúbico de agua potable colocado en superficie y listo para su posterior distribución y según se desarrolla en el Estudio Energético, se ha calculado para una planta con una producción de 200.000 m³/día de agua potable y considerada como de producción unitaria tipo. Para esta planta y de acuerdo con las tarifas eléctricas vigentes en España (tarifa 3.3) en la actualidad y para la potencia total contratada (véase coste del Kw.h) se obtiene un coste de **4,69 ptas./Kw.h.**

El desglose de consumos es el siguiente:

- 0,7 Kw.h que consumen las bombas que en la primera fase de la operación extraen el agua del mar y mediante un sistema de filtración la libran de impurezas. Este consumo es el máximo que hoy en día y para las peores condiciones de filtración soportan en una planta clásica, y que dentro de este estudio se acepta, ya que, en principio, en nada se modifica el sistema actual.
- 0,44 Kw.h consumidos en elevar el total de agua

bruta al depósito de cabecera, y referidos al agua potable producida.

- 2,01 Kw.h consumidos en elevar el agua potable desde 640 m de profundidad hasta el depósito de distribución.

Dichas cantidades suman en total **3,15 Kw.h/m³**, que multiplicados por el precio actual en España, para la tarifa considerada de 4,69 ptas./Kw.h, significa que el agua dulce se encuentra ya en superficie con un coste energético de **14,77 ptas/m³**.

Actualmente una planta convencional y debido a que están obligados a bombear el 100% del agua bruta a través del sistema de membranas a 70 atm de presión, consume un mínimo, para las mismas condiciones de filtración y considerando la recuperación máxima de energía que pueden llegar a obtener en las turbobombas, de 4,6 Kw.h. Con el precio actual del Kw.h para su potencia eléctrica de planta y condiciones de bombeo, de 11 ptas/Kw.h, están en un coste energético de **50,6 ptas/m³** de agua producto a pie de planta.

De lo expuesto anteriormente se deduce que las plantas de ósmosis inversa convencionales, y para las producciones actuales, están produciendo un agua producto, y únicamente considerando el coste energético, **un 240% más caro,** que la que puede obtenerse en las nuevas plantas y para las condiciones de producción consideradas. Y esto es así si partimos del *consumo energético total de la planta.* Si únicamente analizamos la mejora energética conseguida al sustituir los sistemas dinámicos de bombeo (las turbobombas), por el sistema estático de pozos y galerías, que en realidad es la mejora fundamental de la idea, las plantas de ósmosis inversa tradicionales están produciendo agua con un **consumo energético un 59% mayor** que el que se puede conseguir en las nuevas plantas desaladoras por presión natural y con un coste energético **un 275% más caro.**

4. Inversión

El coste de una **planta desalinizadora de agua marina por ósmosis inversa por presión natural** con una capacidad de producción de 200.000 m³ al día de agua potable y según los precios vigentes en España en la actualidad, sería el siguiente:

- 2.000 millones en captación y pretratamiento del agua del mar. (El mismo que el de una planta de ósmosis inversa de producción similar.)
- 1.000 millones en la construcción y equipamiento del pozo de producción de 7 m de diámetro.
- 880 millones en las 29 tuberías previstas en el sistema (incluidas las de reserva) de 650 m de longitud y 800 y 500 mm de diámetro respectivamente, fabricadas, las destinadas a la inyección del agua del mar y las de recuperación de salmuera, en acero inoxidable o PVC.
- 1.450 millones en bombas de captación de agua del mar y elevación de agua dulce a la superficie.
- 5.800 millones en baterías de membranas semipermeables y material auxiliar. (El mismo que el de

una planta de ósmosis inversa de producción similar.)

- 2.500 millones en la perforación y equipamiento del pozo de acceso y la excavación, hormigonado e impermeabilización de la cámara subterránea donde deben ir colocadas las membranas semipermeables.
- 600 millones en la construcción de un depósito en superficie de 300.000 m^3 de capacidad y hormigonado del depósito subterráneo.
- 1.910 millones en instalaciones eléctricas, automatismos, edificios e instalaciones auxiliares.
- **TOTAL: 16.140 millones de pesetas,** frente a los más de 30.000 millones y según los precios actuales, que costaría una planta convencional de una producción equivalente.

De estas inversiones, los correspondientes a los sistemas de membranas tienen un período de amortización de 6-8 años. Todos los equipos eléctricos y de bombeo se amortizarían en 25 años y las instalaciones fijas, pozos y cámara subterránea, en 50 años.

El personal necesario en una **planta desalinizadora de agua marina por ósmosis inversa por presión natural** es sensiblemente menor que el que precisa una planta convencional, ya que en estas últimas sus motores eléctricos y bombas de impulsión, así como el mantenimiento de una presión constante en el sistema de membranas, exigen una gran cantidad de técnicos altamente cualificados, mientras que *la presión de una columna de agua jamás sufre alteraciones y no necesita vigilancia especial.*

5. Resumen y conclusiones

La **planta desalinizadora de agua marina por ósmosis inversa por presión natural,** desarrollada según una idea original del escritor Alberto Vázquez-Figueroa, palía los tres problemas fundamentales de las plantas desalinizadoras convencionales, al sustituir el caro y complicado sistema de presión «dinámico» por bombeo del agua del mar sobre las membranas de ósmosis inversa por un sistema de presión «estático» totalmente libre de averías y de coste energético nulo, rebaja casi un 40% el consumo energético total de la planta al evitar tener que bombear, como ocurre en la actualidad, el 100% del agua bruta contra el sistema de membranas, y abarata increíblemente el coste del Kw.h y por tanto el metro cúbico de agua producto, al poder consumir energía únicamente en horas «valle».

Aunque en el desarrollo de la idea de Alberto Vázquez-Figueroa, basado en un sistema de desalación por presión natural o estática, no se pretende competir con las pequeñas plantas de 5.000-10.000 m^3/día de producción, sí hay que señalar que, hoy en día, en las plantas tradicionales de desalación por ósmosis inversa que se están proyectando y construyendo en España, para una producción de 10.000 m^3/día, se está utilizando un sistema con complejos equipos de turbobombas, con sus correspondientes variadores de velocidad para el arranque y la parada de las bombas y ajuste de caudal, turbinas para la recuperación de energía a la salida de la salmuera, etc. Por tanto, una hipotética, y hasta ahora nunca proyectada en nuestro país, planta convencional capaz de producir 200.000 METROS CÚBICOS DIARIOS de agua potable, y si se mantienen los mismos criterios de diseño que las actuales, necesitaría un complejísimo sistema de equipos de turbobombas, con las dificultades de operación y mantenimiento que la instalación llevaría consigo.

El precio mínimo al que las plantas convencionales por ósmosis inversa producen actualmente agua potable (revista *Moptma* abril 95), teniendo en cuenta sus necesidades de amortización de capital, está comprendido entre 140 y 160 ptas/m^3 y la mayor existente en España en la actualidad no supera los 40.000 m^3 diarios de producción.

Según todo lo expuesto anteriormente *el coste de explotación del metro cúbico de agua potable* (coste energético, productos químicos en el pretratamiento, mano de obra, mantenimiento, etc.), obtenido a partir de estas nuevas plantas desalinizadoras se sitúa en torno a las TREINTA PESETAS, y aunque tanto el estudio energético, como la inversión y el precio del Kw.h desarrollado en los anejos correspondientes, se han basado en una planta capaz de producir doscientos mil metros cúbicos diarios de agua producto, los resultados unitarios obtenidos son prácticamente los mismos para una planta de 50.000 m^3 diarios, excepto el pozo de acceso a la cámara de membranas, que es un coste fijo para cualquier planta, pero no el coste de la propia cámara y los depósitos que son prácticamente proporcionales a la producción.

Si con un precio medio ponderado al que se puede vender el metro cúbico de agua, a la salida de la planta, y según se destine a uso agrícola, abastecimiento, turístico o industrial, obtenido en una **planta desalinizadora de agua marina por ósmosis inversa por presión natural,** de CINCUENTA Y CINCO PESETAS METRO CÚBICO, se dedican 10 ptas/m^3 a amortización de la inversión, sin contar la financiación (ya que ésta dependerá de cada caso concreto), ésta se amortizaría en un plazo similar al que se considera para las plantas tradicionales (15 años), pero con unas instalaciones fijas (pozos y galerías) totalmente operativas.

En una planta que cubriese una demanda de 500.000 m^3/día, que es el equivalente a la demanda de 12.000 Ha de riego intensivo en la costa española, se podría producir agua a un coste energético prácticamente igual que los soportados hoy día por los bombeos de las aguas subterráneas y ayudaría a paliar los graves problemas de sobreexplotación y salinización existentes en casi todos los acuíferos costeros españoles.

Así mismo la inversión es análoga a las que se obtienen en los proyectos de regulación de aguas superficiales, pero se evitan los graves problemas existentes, hoy en día, de expropiaciones, impactos medioambientales, etc., y se desarrollaría a su máxima expresión el concepto del **«desarrollo sostenible»,** al contar con un recurso inagotable, **el mar.**

Madrid, junio de 1995

Anejos

CARACTERÍSTICAS DE LA PLANTA DESALINIZADORA

Producción de agua potable .... 200.000 m³/día

Volumen de agua del mar .... 200.000 m³/día / 0,45 = 445.000 m³/día

Horas de funcionamiento .... 24/8 h/día

Capacidad de bombeo de agua del mar
445.000 m³/día / 8 h/día = 55.625 m³/h .... 15.451 l/seg

n.º de bombas de elevación de agua del mar
15.451 l/seg / 12 = 1.287 l/seg bomba................................ 12 bombas (12+1)

Capacidad de almacenaje del depósito de cabecera .... 300.000 m³

n.º de tuberías de inyección funcionando 24 h al día
Caudal de inyección 445.000 m³/día / 86.400 seg/día = 5,2 m³/seg
n.º de tubos para 1 m³/seg y 800 mm de diámetro .... 6 tubos

n.º de tuberías de retorno de salmuera
funcionando 24 h al día
Caudal de retorno 5,2 m³/seg x 0,55 = 2,8 m³/seg
n.º de tubos para 1 m³/seg y 800 mm de diámetro .... 3 tubos

n.º de tuberías de elevación de agua potable
funcionando 8 h al día
Caudal de agua potable 15.451 x 0,45 = 6.953 l/seg
n.º de pozos de 500 l/seg y 500 mm de diámetro .... 14 tubos

n.º de bombas de elevación de agua potable
funcionando 8 h al día de 500 l/seg a 650 m.c.a.
Caudal de agua potable 15.451 x 0,45 = 6.953 l/seg
6.953 l/seg / 500 l/seg .... 14 bombas

Galería para la instalación de equipos de ósmosis
y cámaras de bombeo de 150.000 m³ de excavación .... 1 galería

Depósito subterráneo de agua producto .... 130.000 m³

Pozos de 650 m de profundidad y 7 m de diámetro .... 2 pozos

Ud. de tubos de membrana para ósmosis inversa con
una capacidad de producción de 48 m³/día
200.000 m³/día / 48 = 4.166 + 5% .... 4.375 Ud.

Subestimación transformadora de 132/3 Kv/380 de 65 M.V.A.

Línea aérea de A.T. a 132 Kv

Tuberías de conexión, calderería, piezas especiales
y demás elementos auxiliares

ESTUDIO ENERGÉTICO

Caudal de bombeo de agua del mar = 445.000 m³/día = 55.625 m³/día	15.450 l/seg
Caudal de bombeo de agua potable = 200.000 m³/día = 25.000 m³/día	6.950 l/seg
Densidad del agua del mar	1,03 g/cm³
Densidad de la salmuera	1,06 g/cm³
Densidad del agua potable	1,00 g/cm³
Nto bombas de elevación	91 %
Rto motor	95 %
Rto TOTAL	86,5 %

Pretratamiento* .... *< 0,7 Kw.h/ m³

Bombeos

Elevación agua del mar al depósito de cabecera
P (Kw) absorbida = 15.450 x 1,03 x 60 x 0,736/75 x 0,865 = 10.832 Kw

Elevación agua potable
P (Kw) absorbida = 6.950 x 1,00 x 640 x 0,736 / 75 x 0,86 = 50.462 Kw

Total = 61.294 Kw

Consumo en 8 horas = 61.294 x 8 = 490.000 Kw.h

Producción de agua potable (8 h)..................................... = 200.000 m³

Consumo en bombeos
(Kw.h/m³) =490.352 Kw.h/200.000 m³......................= ***2,45 Kw.h/m³***

CONSUMO ENERGÉTICO TOTAL

Consumo en captación y pretratamiento	= < 0,70 Kw.h/m³
Consumo en elevación y potabilización	= 2,45 Kw.h/m³
CONSUMO TOTAL	= 3,15 Kw.h/m³

COSTE ENERGÉTICO

***Potencia base de facturación:** 2.000 + 0,2 (61.295-2.000) = 13.859 Kw*

Consumo .... 61.294 x 30 x 8 = 14.710.560 Kw.h

Término de potencia.... = 13.859 x 1.674 pts/Kw =	23.199.966 pts
Energía .... 14.710.560 x 7,54 pts/Kw.h =	110.917.622 pts
Reactiva............. -3% (23.199.966 + 110.917.622) =	- 4.023.527 pts
	130.094.061 pts

Recargo horario

R.H. = TEJ (Cons. h. punta x 70 - Cons. «valle» x 43/100)

R.H. = 9,65 (0 - 8 x 30 x 61.294 x 43) /100 =	*-61.041.468 pts*
	69.052.593 pts
Precio medio Kw.h = 69.052.593/14.710.560=	***4,69 pts/Kw.h***

INVERSIÓN

Pretratamiento y captación	2.000 mill. pts.
Pozo de 650 m de profundiad y 7 m de diámetro, equipado	1.000 mill. pts.
Equipo de elevación de agua bruta	750 mill. pts.
8 (6+2) tubos de inyección de 640 m de profundidad y 800 mm	384 mill. pts.
5 (3+2) tubos de retorno de salmuera de 640 m de profundidad y 800 mm	240 mill. pts.
16 (14+2) tubos de elevación de agua potable de 630 m de profundidad y 500 mm	256 mill. pts.
Equipo de bombeo de agua potable 16 bombas (14+2), válvulas, conductores y calderería, para 500 l/seg a 630 m. c. a.	700 mill. pts.
Baterías de membranas para ósmosis inversa 4.375 Ud. de tubos de membrana para ósmosis inversa con una producción de 48 m^3/Ud.	5.800 mill. pts.
Ejecución de una galería a 650 m de profundidad y 150.000 m^3 de excavación, incluso pozo de acceso equipado	2.500 mill. pts.
Construcción de un depósito en superficie de 300.000 m^3	500 mill. pts.
Hormigonado de depósito subterráneo	100 mill. pts.
Subestación eléctrica de 65MVA 132/3/380, incluso montaje, cuadros, automatismos, etc.	1.000 mill. pts.
Línea aérea de A.T. a 66 Kv (3 Km)	60 mill. pts.
Edificios, ingeniería civil, etc.	650 mill. pts.
Redacción de proyectos, dirección de obras, etc.	200 mill. pts.
INVERSIÓN TOTAL	***16.140 mill. pts.***

CUADRO RESUMEN

Inversión total	*16.140 mill. pts*
Producción de agua potable	*200.000 m³/día*
Coste de la inversión por m³/día	*80.700 pts/m³ día*
Consumo energético total	*3,15 Kw.h/m³*
Precio medio Kw.h	*4,69 pts/Kw.h*
Coste energético m³ agua producto	*14,77 Kw.h/m³*

PLANTA DESALINIZADORA POR PRESIÓN NATURAL «A.V.F.»

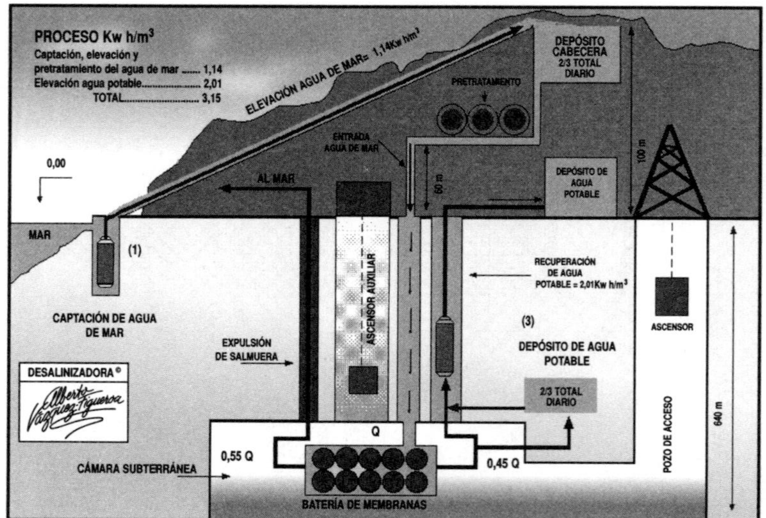

PLANTA DESALINIZADORA POR PRESIÓN NATURAL A.V.F.

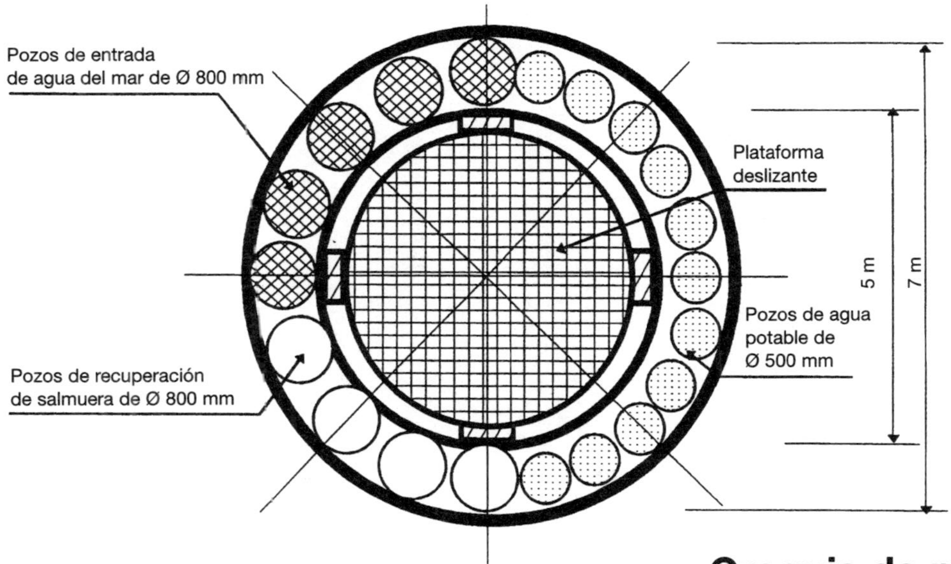

Croquis de planta

Diseño: Emil Tröger
Foto de sobrecubierta: Stock Photo
Foto de solapa: Prisma

Círculo de Lectores, S.A.
Valencia, 344, 08009 Barcelona
1 3 5 7 9 5 9 1 0 8 6 4 2

Licencia editorial para Círculo de Lectores
por cortesía del autor.

Depósito legal: B. 33630-1995
Fotocomposición: gama, s.l., Barcelona
Impresión y encuadernación: Printer industria gráfica, s.a.
N. II, Cuatro caminos s/n, 08620 Sant Vicenç dels Horts
Barcelona, 1995. Impreso en España
ISBN 84-226-5671-x
N.° 32219